果然我的
青春
搞錯
結
My youth romantic
is wrong as I expec
渡 航【wataru wata
繪者／ponkan⑧
U0028985
2
two
Yui's
story
日本小學館正式授權繁體中文版

果然我的青春戀愛喜劇搞錯了 結

My youth romantic comedy is wrong as I expected.

登場人物【character】

Yui's story 2

比企谷八幡……高中二年級，侍奉社社員，性格相當彆扭。

由比濱結衣……侍奉社社員，八幡的同班同學，總是看人臉色過日子。

雪之下雪乃……侍奉社社長，完美主義者。

折本佳織……目前就讀海濱綜合高中。高中二年級。八幡的國中同學。

戶塚彩加……隸屬網球社，非常可愛的男孩子。

平塚 靜……國文老師，亦身為導師。

比企谷小町……八幡的妹妹，國中三年級。

雪之下陽乃……雪乃的姊姊，大學生。

葉山隼人……八幡的同班同學，非常受歡迎，隸屬足球社。

戶部 翔……八幡的同班同學，負責讓葉山團體不會無聊。

一色伊呂波……高中一年級，學生會長兼足球社經理。

design: numata rina

Interlude

不曉得是誰建立的播放清單，持續從耳機傳出。

從小用到大的書桌上的檯燈有點鬆掉，無力地垂著頭。

不停閃爍的燈光，很像某人揉著惺忪睡眼的樣子。

我用原子筆的尾端戳了下檯燈，調整它的位置，檯燈無奈地伸了個大懶腰，接著又微微低下頭。

真拿它沒辦法。我不禁失笑。

駝背的檯燈發出微光，照亮剛買的日記本。

我一字一句，將話語寫在純白的紙張上。

當天吃的東西、當天看的影片、ＬＩＮＥ的聊天內容、提不起勁的檯燈。

想起什麼事、想到什麼事、想到了卻說不出口的事。

我平常根本不會寫滿一整頁的字，中指的指甲旁邊超累的。

好不容易寫滿一整頁，終於寫到第七頁。是我的新紀錄。

我不是第一次寫日記，不過要不是因為太累，就是不小心睡著、當天有事外出，持續不了幾天。事後才急忙一面回憶，一面試著把好幾天份的日記一次寫完，然後再也沒翻開過……全是類似的經驗。

不是因為生活太無趣。

我有很多心情想留在日記上，卻不擅長用優美的句子描述，總是會寫到一半遇到瓶頸。換成他或她，肯定能洋洋灑灑寫出一大串。

可是，我用自己的方式努力過了。

我不習慣寫日記，不知道要寫什麼才好，但我很努力。

不如說努力過頭了。或者認真過頭了？

新年的第一天和第二天，我寫了很多字。

可能是太興奮了。畢竟我當時的情緒莫名高亢。

然而從第三天開始，字數就大幅減少，還會補充前一天發生的事，例如昨天外出購物時，我的表情好像怪怪的。

重看前面的日記，有時會看到我的語氣變得異常隨便，讓人想問我在跟誰說話，或者自以為寫了很有道理的名言，讓人想吐槽這些話到底是想跟誰說。還會突然寫到伊達卷很好吃、記錄隨便挑來播放的影片的曲名等等。

全是我寫的，卻像出自不同人筆下。

雜亂無章、斷斷續續。

因此，連寫在日記本上的事，看起來都如同謊言。

至少用同樣的筆寫或許會比較好。鋼筆好像有點帥……我又補充了無關緊要的小事。

就這樣寫下一行又一行的字句。

不過，找不到真實的話語。

明明是自己寫的日記、只有自己會看的日記，卻還沒有記錄我的真心話。

所以，真的是。

雜亂無章、斷斷續續。

真心話太難懂了。

說不定我就是為了尋找它，才在寫日記。

寫到一半，我連忙用線畫掉。還順便用筆亂塗一通，加上眼睛及尾巴，把它畫成毛毛蟲，當作沒寫過那句話。

今天到此為止。

明天就開學了，要寫的事情應該會變多吧——我邊想邊翻開尚未寫下半個字的明天的部分。

啊，對了。要去買蛋糕。我想起這件事，寫下「記得買蛋糕」五個大字，用大大的圓圈圈起來，以免忘記。

這樣根本不是日記，而是行事曆。

正當我獨自苦笑時，耳邊到脖子感覺到柔軟的觸感。

咦!?我發出無聲的驚呼，準備回頭的瞬間。

「嘿♪」

耳機突然被拿掉，愉快的笑聲傳入耳中。我驚訝地轉頭，看見媽媽拿著耳機站在那裡。

呼~嚇我一跳……無奈的嘆息導致我的語氣變得有點不耐。

「媽媽，妳幹麼啦……」

「對不起喔——我有敲門呀。」

從媽媽手中接過耳機後，我愧疚地垂下眉梢，雙手合十。

「啊——我沒聽見。因為這是降噪耳機。」

「哦~降噪?這耳機真厲害~」

沒錯，降噪很厲害的。我如此心想，關閉耳機的電源，放到日記上。

然後猛然驚覺這樣會被她看見，著急地合上日記。

「……妳看到了?」

我戰戰兢兢回頭望向她，媽媽豎起食指抵著臉頰，納悶地歪過頭。

「咦——?看到什麼——?」

我鬆了口氣，把日記收進抽屜。將椅子轉了圈問她「找我有什麼事?」媽媽兩手一拍。

「對對對，媽媽要去買東西，妳呢?」

「咦……啊，我也要去。」

我猶豫了一下，最後想到有要買的東西。聽見我的回答，媽媽露出有點高興的微笑。

「這樣呀，那開車去好了。難得一起出門，我們去吃好吃的蛋糕吧。那家店叫什麼?之前爸爸跟我說有家叫 Le?Le Patissier 的店，那裡的蛋糕很好吃。」

「哦——好像不錯。」

剛好可以買生日蛋糕……

等一下。什麼？蛋糕店？

「……妳看到了？」

「啊。」

我瞇眼盯著她，媽媽用手指遮住嘴巴。表現得那麼明顯，她卻若無其事地笑了。

「沒看到沒看到。」

「妳絕對看到了！」

「沒有啦──」

她邊說邊逃出我的房間。

肯定是騙人的……算了，反正不是不能被看見的內容……

我輕嘆一口氣，站起身。

摸了下愛擺臭臉的駝背檯燈慰勞它，關上開關。

1 葉山隼人對比企谷八幡露出壞心的笑容。

新年前三天一過，忙碌的氣氛便消失得無影無蹤。

本來在休息的雙親，一開工就馬上回歸平常的忙碌期，即將迎接大考的小町也開始閉關念書。

在比企谷家，只有我和愛貓小雪閒著無聊，度過無所事事的新年期間。無聊到我喊著「新年好！新年棒！」在做輪擺式移位。

真是和平的年假。

頭兩天我難得觸發了剛迎接新年就跟人出去的異常事件，不過第三天之後，我都順利享受到吃飽睡睡飽吃的悠閒時間。

然而，平靜流逝的時間，未必會帶來平靜的心境。

什麼事都沒在做的時間，會令人不安。

忙的時候光顧著處理手邊的事就分身乏術，不會有空顧慮其他。可是閒的時候會忍不住去思考漫無目的的未來。然後擅自感到迷茫。

不長不短的寒假，特別容易陷入這種負面情緒。

無事可做、可以什麼事都不做的時間，跟在安寧病房等死差不多，會害人想到終將迎來的結局。

我們都很清楚，平靜的時光不會長久持續下去。

由於確實存在的終點就在那裡，白白浪費時間會對精神造成強烈的負擔。啃老的尼特族突然發現父母上了年紀的時候，是否就是這種感覺呢……我窩在暖桌裡摸著貓肚，如此心想。

可是，跨過這道高牆的人方為真正的強者。真正的無業遊民。無業遊民和輕小說家就是要等到被逼入絕境，才會說出「我差不多要認真起來了」這種話。由此可證無業遊民＝輕小說家。Q・E・D・證明終了。或是少年偵探推理之絆。（註1）

註1《Q・E・D・證明終了》臺譯《神通小偵探》，與《少年偵探～推理之絆～》同為日本漫畫。

寒假在我想著無意義的瑣事耍廢的期間迎接尾聲。

今天開始又要去學校上學了。

我跟心愛的被窩道別，踏上前往洗手間的旅程。

儘管洗手臺前面鋪著毛茸茸的地墊，腳邊依然感覺得到寒意。

唉——真的好不想上學好不想工作……

看見鏡子的瞬間，嘆息聲脫口而出。

拜大掃除所賜變得閃閃發光的水龍頭、滴滴答答的冰冷水聲、從用來代替睡衣的運動服下襬鑽進來的冷空氣。隨著體感溫度降低，我的想法也愈來愈負面。

有點憂鬱……不只憂鬱，已經到宇都宮的地步了（註2）。都可以在TM NETWORK擔任主唱了。討厭我其實比想像中有精神嘛～！講到宇都宮通常會想到煎餃，我卻能想到小室哲哉，挺有精神的。

好了，在內心說了一堆廢話，確認自己精力十足後，緊接著進入早上固定的洗臉環節。

我用冰水撬開沉重的眼皮，順便用手粗魯地整理翹起來的一頭亂髮，望向鏡子。

註2「憂鬱（Utsu）」與「宇都宮（Utsunomiya）」日文音近。TM NETWORK是由小室哲哉、宇都宮隆、木根尚登組成的樂團，主唱宇都宮隆暱稱為Utsu。

然後趕走殘留在腦中的睡意，雙手在胸前握拳，擺出為自己打氣的姿勢。

好……今天也要加油囉。

× × ×

在鏡子前面拖拖拉拉了那麼久，害我比平常晚出門一些。

我努力向前走，以彌補剛才浪費掉的時間，抵擋著從正面拍在身上的冷風，騎了二十分左右的腳踏車。

或許是努力有了回報，結果我比平常還要早一點到學校。

我將腳踏車停進停車場，熱得流汗。多虧我穿的發熱衣，制服底下甚至暖呼呼的，只有暴露在外的臉頰被寒風颳得發疼。

我吐出一大口白煙，重新圍好圍巾，用它蓋住一半的臉。

在中庭快步前行，走向通往大門口的戶外梯。

我在路上環顧四周，只看見小貓兩三隻。

可能是因為離上課鈴響還有一些時間，或是快要大考的高三生可以不用到學校上課，才讓我有這種感受。

明年這個時期是大學入學共通考試的前夕，我也會被折磨得哀哀叫嗎……想到討厭的事，我不禁板起臉。

這時，我瞇細的眼睛看見前方有顆愉悅地晃來晃去的丸子頭。是由比濱結衣。

從正門走過來的由比濱看到我，扯下圍巾展露笑容。

「啊，自閉男。」

由比濱揮動戴著連指手套的手，小跑步往我這邊衝。彷彿在跳躍的步伐，導致手中的紙袋發出超大的窸窣聲。

我點頭回應，配合她的步調加快腳步。

最後，我們幾乎在同一時間抵達通往大門口的大樓梯前。

「嗨囉。」

手套上的毛線球隨著由比濱揮手的動作輕輕搖晃。我假裝被那顆毛線球吸引住，偷偷移開目光，在圍巾底下慢吞吞地開口。

「……喔。早。」

再正常不過的問候語，卻令我異常害臊。先不討論嗨囉是不是正常的問候語。絕對不正常吧……在侍奉社或學校的時候也就罷了，在街上突然有人這樣跟我打招呼，會有點難為情耶！雖然我是覺得挺可愛的啦！

不過，那可愛的問候語也已經聽習慣了。事到如今，我可不會因為這呆呆的問候語難為情、害羞、驚慌失措。

然而……

由比濱穿制服的模樣有點出乎意料，害我驚慌失措。好慌喔……

她穿制服的樣子並不稀奇。我們同班了近一年，又是同一個社團，都看到不想看了。沒有啦，不會不想看。完全不會，不如說挺好看的。

簡單地說，我平常就在偷偷拚命盯著看。討厭我在搞什麼啊，八幡這傢伙有夠噁心的……我對穿制服的由比濱看習慣到腦中的辣妹無奈地叮嚀我「喂臭男生～！別再偷看了好不好～？那種眼神女生一下就會發現喔～？」。

正因如此，些微的變化也會被我察覺到。

釦子沒全扣的海軍大衣、平常穿的西裝外套、底下的米色毛衣……

那是她在前幾天我們一起出門時買下的。是配合新學期添購的新衣服嗎？這個變化細微得嚇人，其他人肯定看不出來。

不過，既然看出來了，完全不提及也怪怪的。

「……挺適合妳的。」

「咦？」

我煩惱了一下該如何表達，結果說出超籠統的感想。由比濱當然根本聽不懂，疑惑地眨眼，還歪頭默默回問我「你說什麼？」。

呃，要我再說一次太強人所難了吧……太羞恥了吧……於是我抬起下巴，指向那件毛衣。

由比濱大概是透過我的視線及動作發現了，指向毛衣的胸口部分。

「啊，它嗎？對吧對吧很好看吧。」

她得意地嘿嘿笑著，挺起胸膛，拉開毛衣。嗯、嗯，那個，是很好看啦，但妳這樣我會不知道該往哪裡看所以我要瞇著眼看喔對不起。

由比濱從我尷尬的表情意識到自己的行為不太妥當，「啊」了一聲，拉緊西裝外套，害臊地低下頭，摸著丸子頭咕噥道：

「……你竟然看得出來。」

「對啊，我超會玩薩莉亞菜單上的大家來找碴。」

「什麼啦。」

我隨口開了個玩笑，由比濱露出苦笑，呼出來的氣息瞬間化為白煙，於空中消散。

雖然她應該沒有拿這件事做為契機的意思，由比濱抬頭瞄了戶外梯前方的大門口一眼。

「走吧。」

我點頭回應，幾乎跟她在同一時間踩上樓梯。

由於步幅差距的關係，我通常會走得比較前面，可是在高度均等的樓梯上，我們自然會並肩而行。

我瞬間在意起身旁的人。

畢竟平時我都是一個人走，孤獨上學，簡稱孤學。旁邊有人會害我緊張……如果有完熟芒果的紙箱，還真想躲進去。（註3）

走在一起不聊天又怪尷尬的……我斜眼瞥向由比濱。

由比濱卻不怎麼介意沉默的樣子，一步步爬上樓梯。

是不是講些什麼比較好……在我猶豫的過程中，我們已經爬上樓梯，抵達大門口。

為了換上室內鞋，由比濱把紙袋放到鞋櫃前面。她的動作相當慎重、輕柔，引

註3《孤獨搖滾！》的女主角後藤一里因為害怕觀眾目光的關係，躲在完熟芒果的紙箱裡上臺演奏。

起我的好奇心。

就是現在！跟她搭話的機會！

「……那是什麼？妳帶的東西？」

「啊，這個嗎？」

由比濱彷彿經我一說才突然想起，將紙袋遞向前，招手叫我過去。

呃，我們之間的距離也沒遠到要招手吧……我邊想邊稍微靠近她。

由比濱像要從縫隙間偷看祕密的珠寶盒似的，慢慢拉開紙袋的提把。

紙袋裡裝著一個小小的白色盒子，上面附帶圓形的提把，把它折起來應該會滿方便提的。這種包裝大多會拿來裝蛋糕，沒錯。所以，我推測裡面裝的是蛋糕！

對喔，之前我們一起出門的那一天，道別時有聊到雪之下的生日蛋糕要買哪一種。應該是她特地買來的。

「啊——蛋糕啊。」

由比濱用微笑表示我答對了。她還用力哼氣，得意地挺起胸膛。看她這麼驕傲，八成是哪家名店的蛋糕。

「怎麼？是很高級的蛋糕嗎？」

「沒錯，我昨天出門跟媽媽買東西，順便買了蛋糕。聽說那家店很有名，叫做 Le

什麼的。」

「哦……」

既然很有名，請妳記住人家的店名。不過我也不擅長記名字！到現在還會叫川崎大志的姊姊「川什麼的同學」！

在我想到川什麼的同學時，由比濱的視線仍然落在紙袋的內容物上，癟著嘴不曉得在想什麼。

「煩惱過後，我選了普通的草莓鮮奶油蛋糕。可是好像有點小……」

由比濱把紙袋抬起來一些，拿向我的臉。然後由下往上注視我，歪頭用視線徵詢我的意見。

她的眉毛垂成了「八」字形，看起來有點傷腦筋，噘起嘴巴陷入沉思，眼睛水汪汪的。

她用這種表情盯著我，害我不知道該作何反應。

我隨便嘀咕著「我看看喔」，像要把臉埋進紙袋般探頭窺視，以逃避她的目光。

紙袋裡的盒子，長度及寬度約十五公分。從盒子的大小推測，蛋糕的直徑應該也差不多。

記得整模蛋糕有分5吋、6吋之類的尺寸……雖然我完全看不出這塊蛋糕是幾吋，光這樣看感覺並不大。感覺是一般的尺寸。整模蛋糕常見的好像是4到6吋大，所以我想這塊蛋糕應該也是這麼大。8吋根本是怪獸，怪獸8號（註4）。

「不會吧，剛好啊？要吃的只有三個人吧。」

就算我食量再怎麼大，吃掉一整個蛋糕的三分之一也會飽到天靈蓋。不只飽，甚至會反胃。

「是沒錯，但裡面加了很多水果，會不小心吃掉一整個。」

「這是昨天剛吃過的人才會說的話……而且妳還吃了一整個……」

此話一出，由比濱當場僵住。

她馬上搖手否認，揉著丸子頭滔滔不絕地辯解。

「咦……啊！不、不是啦！那叫試吃！難得買了蛋糕，就跟全家人一起吃而已！我只吃了一半左右，不是一整個，是真的！」

「是、是喔……一半啊……真厲害……」

我對她投以半是驚訝，半是恐懼，半是尊敬的目光，凝視由比濱，說出直接的感想。討厭太直接了導致我的情緒放大成一倍半！

由比濱不知道如何理解我的視線，呻吟一聲，腳步蹣跚。

註4　日文「8吋」寫成「8号」，《怪獸8號》為日本漫畫家松本直也的作品。

「嗯、嗯……不小心吃得比想像中還多……我根本把它當成飲料在喝……」

「咖哩是用喝的」這句話很常聽見，原來蛋糕也是用喝的嗎……

好吧，最近也有提倡「豬排是用喝的」、「漢堡排是用喝的」的店家，開家拿「蛋糕是用喝的」當宣傳詞的店說不定會紅。怎麼樣？「飲料股份有限公司」（註5）的各位，要不要跟我合作賭一把？靜候佳音。

在我盡情想像未來要從事的生意時，由比濱似乎在思考過去鑄下的大錯。

「嗚嗚……吃太多了……」

她輕輕撫摸腹部，臉上寫著後悔與絕望。然後提心吊膽地掀起毛衣，檢查肚子有沒有變大。這一刻，我覺得自己從襯衫釦子的縫隙間窺見了什麼。只是覺得而已。覺得從縫隙間看見了雪白的肌膚，不過其實是錯覺。搞不好是幻覺。

這種話題我很難回耶！誇她也會變成性騷擾吧！煩惱過後，我決定忽視一切，隨便扯幾句話。

「喔、喔……就是，既然那個蛋糕那麼好吃，妳能忍住只吃一半已經很厲害……」

「你講得一副我超會吃的樣子！」

註5　旗下有「咖哩是用喝的」、「豬排是用喝的」、「漢堡排是用喝的」等連鎖餐廳。

可能是我的回應太隨便，由比濱雙手掩面，大受打擊。

「不是啦！你吃了也會懂！真的咕嚕咕嚕就喝下去了！」

「喔、喔，好，我懂了……」

由比濱還是想說服我，抓住我的手臂拚命搖晃。被她碰到的部位好令人在意，而且我們靠好近，淡淡的洗髮精香味害我連頭都開始暈了……我說真的，那個，我懂了所以請妳放開我……不如說放開我妳就會懂……雖然講「我們坐下來談談你就會懂」的人普遍會被直接射死……

我的身心都在受到震撼，這時，背後傳來困擾的嘆息聲。

「……………啊──」

聽見彷彿是硬擠出來的嘆息，我回頭確認發生了什麼事，戶部面帶苦笑，站在那裡搔著臉頰。

「啊，戶部。早安。」

由比濱也注意到身後的人，立刻放開我的手臂，跟戶部打招呼。戶部依然苦笑著，困惑地回應：

「安安啊……對了，新年快樂？比企鵝也新年快樂。」

「喔……新年快樂……」

面對互相認識，卻沒有多熟的對象，該如何回應新年的問候？經過片刻的猶豫，我做出不親近也不疏遠的回應。這傢伙一輩子都記不住我的名字，他認不認識我有待商榷就是了。

然而，戶部的表情比我還要煩惱。他抓著後頸，看起來難以啟齒，接著說道：

「啊……不好意思，你們站在……我的鞋櫃前面……」

戶部指向我背後。

「啊，是喔。抱歉。」

本校的座號是按照姓氏排列，所以姓氏開頭相近的我和戶部座號沒差幾號，鞋櫃自然也在附近。我站在鞋櫃前面，似乎害戶部沒辦法換鞋子。

「對、對不起！你可以早點說嘛……」

由比濱一面道歉，一面迅速跟我拉開距離，讓出空位給戶部。

「唉唷，我看你們聊得那麼開心，不好意思打擾……」

戶部苦笑著看看我又看看由比濱，咕噥道「哇咧……」。在我和由比濱之間游移的視線，流露出愧疚之情。

「不會呀……又不是在講什麼重要的事……」

由比濱略顯尷尬地扭動身軀，轉頭瞄向我。

「對、對不對？」

「對、對啊……」

她壓低音量，戰戰兢兢地詢問，導致我莫名害臊。

嘿，現在是怎樣，我們剛才的互動被人看見了嗎——？討厭啦——！羞死人了——！

我羞恥到想要扭來扭去，好不容易克制住，活動肩關節，讓脖子發出喀哩喀哩的聲音以掩飾過去。

我脖子一轉，冷不防地跟由比濱四目相交。由比濱露出淡淡的苦笑「啊哈哈——」笑著，搓揉丸子頭。

什麼情況啊超害羞的。

尷尬的沉默降臨，我本來以為會直接當場羞死，戶部卻清了下嗓子。

「呃！不是啦！我說的打擾，那個，沒有深意！該怎麼說？你們也有過那種經驗吧！服務生太忙的時候，會不好意思叫住他？」

戶部努力營造快活的氣氛，由比濱猛然回神，不停點頭。

「啊——對對對！去便利商店的時候，如果店員不在收銀臺，會下意識站在那邊等！」

「嘿啊！」

戶部用力指向附和他的由比濱。看來只能搭上這波熱潮了！我也跟著分享在便利商店打工時常有的經歷，好想趕快分享。

「那個啊……站在店員的角度來看會有種被施壓的感覺，很不舒服……」

「原來店員會這樣想!?我還以為這算一種貼心之舉……」

由比濱大吃一驚，戶部則唸著「我懂～」隨口應聲，換上室內鞋。

「我說，時間快來不及了吧？我還得去社辦一趟。」

戶部扔下這句話快步走掉。

我目送他離去，面向由比濱。

「我先去洗把臉。」

「咦，啊，嗯。」

我突然說道，由比濱瞬間面露不解，但她馬上就點頭了。

一大早就冒了一身冷汗。我想先幫臉頰降溫，隔一段時間再去教室。

那拜啦……我舉起一隻手跟她道別，離開現場。

在我轉身前。

「自閉男。」

由比濱叫住了我。

回頭一看，她在胸前輕輕揮手。

左顧右盼，確認附近沒有其他人後，將手放在嘴邊。

「等等見。」

她用沒人聽得見的音量輕聲呢喃。

有如枕邊私語的悄悄話，害我愣在原地。

妳是怎樣……

這種惡意賣萌的行為是一色的專利吧。不帶惡意地做這種事，只剩下萌而已。

妳是怎樣……

看我僵在那邊，由比濱疑惑地歪頭，接著「啊」了聲，似乎想到了什麼，再度把手放在嘴邊。

啊，這傢伙以為我沒聽見對吧……不是啦。

聽見了啦。只是沒辦法做出反應啦。

我點頭表示我有聽見、我有聽懂，由比濱安心地揚起嘴角。

我又輕輕點了一下頭，回應那抹微笑，轉過身去，趕往洗手間。

真的是，一大早就冒了一身冷汗……我現在只想用冰冷的水洗臉……

× × ×

剛開學的教室籠罩著熱鬧的氣氛。

互相問候好久不見、新年快樂的同學們，也顯得有點亢奮。起初他們還在聊今天早上發的選組調查表和志願調查表，可是很快就轉移到其他話題上了。不想面對大考對吧……

而那熱鬧的氣氛持續到了放學後。

還有許多學生留在教室，可能是積了一堆話要聊。其中最引人注目的，是以葉山隼人和三浦優美子為中心的小團體。

他們平常就很吵，今天的吵鬧程度又提升了一個等級。

戶部、大岡、大和三傻也一如往常，聊著白痴的話題，葉山坐在窗邊的座位托著腮凝視窗外。

看到那無精打采的模樣，我腦中浮現「討厭，葉山同學散發一股憂鬱的氣息，好帥好迷人……」之類的感想，同時又不免想叫他仔細聽朋友說話，但葉山隼人可不是簡單人物。

他會在完美的時機給予適當的回應，再搭配微笑，表示自己絕對沒有無視大家。看那完美打在拍點上的反應速度，那傢伙應該很擅長打音遊。

不過，女性成員感覺就不會打音遊了。

她們大概是對大岡三人組在聊的話題沒什麼興趣，邊滑手機邊扔出「啊——嗯，對啊，真的」這種超敷衍的回應。

態度隨便到讓人想吐槽她根本沒在看遊戲畫面。

有個人甚至一句話都沒回。

那個人就是三浦優美子，她今天也懶洋洋地用手指捲著金髮，整個人靠在椅背上。偶爾不耐煩地瞥向戶部和大岡。

大岡或許是被三浦的視線嚇到了，故意清了下嗓子想換個話題，像想到什麼似地跟葉山搭話。

「啊——對了隼人，聽說你在跟雪之下交往，真的假的？」

「啥？」

以三浦為首，在場全員都錯愕地張大嘴巴。連我說不定都目瞪口呆了。

這傢伙突然講什麼鬼話啊？

怎麼可能。不可能不可能。不可能……嗎？不可能，吧……對吧？是不是？

從意想不到的地方扔出來的球，令眾人的時間停止流動。

不過，時間再次開始流動。（註6）

「你說什麼————!?」

三浦激動地起身，晃得椅子喀噠喀噠響。

其他在聊天的人紛紛看過來，好奇發生了什麼事。教室裡鴉雀無聲。

位於靜寂中心的葉山隼人一語不發，微微皺眉，跟剛才柔和的表情並無二異，只有眉頭動了數公厘而已。然而，葉山光憑一個小動作，就將自身的情緒徹底表現出來。

猜疑、憤怒、焦躁、失望、悲哀，或是看開了。

不小心長太帥的話，連這麼一點細微的變化似乎都會放大成嚴重的扭曲。黑暗氣息從隧細的眼底溢出，蓋過平常的陽光氣質。

葉山散發的危險氛圍，令整間教室的人屏住氣息。

「不不不！絕對不可能啦！」

由比濱敏銳地察覺到氣氛變了，立刻幫忙打圓場。海老名也笑咪咪地贊同。

「對呀——我也覺得不可能。因為隼人他……腐腐腐……」

海老名偷偷往我這邊看。

註6《JOJO的奇妙冒險》中的名臺詞。

喂不要喔別看我。別露出「千葉人腦袋真死板～」的表情。但我不久前還在想葉山長太帥，實在沒辦法堅決否認。嗯～他的長相真的很優。國寶級的……

拜由比濱和海老名的玩笑話所賜，緊張的氣氛慢慢消散。眾人臉上重新浮現淡淡的笑容。只有三浦小姐在用手指捲頭髮，雙腿踢來踢去。

氣氛恢復和平後，另一位意想不到的人物看準這個時機，用威嚴十足的聲音接著開口。

「我想也是。不可能對吧……我聽說的倒是另一件事……」

長那麼大一隻卻沒什麼存在感的大和緩緩說道。其他人看他那麼慎重，默默等待他繼續說下去。

大和卻沒再出聲，而是盯著由比濱看。三浦他們的視線也跟著集中在由比濱身上。

「咦？我、我嗎？」

由比濱錯愕地指著自己。我說不定也愣住了。那個叫大和的傢伙突然講什麼鬼話啊。

啊哈哈，葉山和由比濱在交往，啊哈哈。怎麼可能啊哈哈……不可能……嗎？不可能，吧…………對吧？

應該是不會……我再度觀察由比濱他們，有個人的反應跟我差不多。

「結、結衣……啊？咦？」

三浦的嘴巴一開一合，大概是因為剛才鬆了一大口氣，導致氧氣不足。她的視線在由比濱跟葉山之間移動。

「怎麼會怎麼會怎麼會怎麼會！絕對不可能！真的不可能！我怎麼樣都不可能跟隼人在一起啦！」

由比濱雙手大幅擺動，大聲解釋。葉山像在開玩笑似地苦笑著說：

「妳否認得那麼堅決，我感覺好複雜。」

「啊，抱歉！呃，不是那個意思！不過，那個，真的不可能！」

聽見葉山帶有調侃意味的這句話，由比濱乖乖道歉。她的音量愈變愈小，最後變成含糊不清的咕噥聲。

「……因、因為，人、人家才沒有……」

由比濱看著地面，撫摸丸子頭。臉頰染上淡粉色，語氣也有點像小孩子。看到她那麼害羞，我也莫名跟著難為情。是所謂的共感性羞恥嗎？

趁他們聊開前趕快離開教室吧……我將課本等東西隨便塞進書包，開始穿外套、圍圍巾。

可是，大岡的大嗓門令我下意識停止動作。

「跟我聽說的不一樣耶~我聽說結衣在跟外校的男生交往，對吧？」

「What——」

真想稱讚忍住沒叫出來的自己。我在千鈞一髮之際將差點脫口而出的驚呼吞回去，用「呼啊……唔嗯……」替代，假裝打哈欠。

我搭配邊扭脖子邊說「哎呀——我是不是睡不夠啊——」的蹩腳小劇場，膽顫心驚地回頭望向葉山那群人。

正好看見由比濱歪頭呆在那邊。

「唔咦？」

三浦代替僵住的由比濱——也不算代替，她上半身前傾，從下方瞪視大岡。

「啊？大岡，你認真的嗎？」

討厭，三浦小姐好恐怖……連在旁邊看的我都嚇到了，被直接猛瞪的大岡當然嚇到不行。

「沒、沒啦，我也是聽棒球社的人說的……在我們這個圈子有這樣的傳聞……對、對不對？」

煩惱過後，大岡決定把球扔給旁邊的戶部。

可是，戶部不知為何支支吾吾的。他左思右想，目光游移。瞄向由比濱，瞄向葉山，瞄向三浦，瞄向我，瞄向海老名。抓著後頸，一副不方便開口的樣子。

「咦……啊……喔，就，我只有聽說有人看到她寒假時在跟男生逛街……」

「對對對！那個男生是不認識的人，所以他們在猜會不會是外校的學生。我是沒差啦，但棒球社的社員都跑來問我，我就跟他們說不知道。」

戶部的支援不怎麼有力，大岡卻拚命抓住那雙援手。

「哦……」

三浦用手指捲著頭髮，對大岡跟戶部投以懷疑的目光。站在旁邊的海老名興致勃勃地點頭，突然看了由比濱一眼。

「結衣，是這樣嗎？」

「咦～什麼啦！才不是！哪有！沒這回事！是誰說的啦。」

由比濱瞇起眼睛，鼓起臉頰，氣呼呼的。跟三浦的氣勢比起來，她生氣的模樣相當可愛，但同樣足以嚇到大岡。

「唉唷，我聽別人說的嘛……」

大岡一臉哀怨，驚慌失措地解釋「不是我說的……」三浦嘖了聲，由比濱還在嘟嘴生氣，海老名冷冷看著他。

討厭，女生好恐怖……連在旁邊看的我都嚇到了，被直接當成垃圾看待的大岡當然快要沒命。

命懸一線的大岡受不了來自女性成員的壓力，用視線向戶部跟大和求救。

大和接收到他的訊息，威風地點頭，卻什麼都沒說……這個應對方式是很聰明沒錯，但你還真靠不住，虧你長那麼大隻……

戶部則拍拍後頸，咧嘴一笑，彷彿在對他說「包在我身上」。喔喔，戶部，多麼可靠的男人……

「謠言果然不能信！誤會啦！我也覺得不是那樣。該怎麼說？別看我這副德行，我不太信謠言的啦。果然還是親眼看到的事情才能信。我不太想隨波逐流。」

可惜，戶部光速背叛了他，決定跟朋友切割，華麗地做停損。判斷的速度之快及本能反應很適合去投資。勸他最好快點開始玩虛擬貨幣。戶部在得意之餘還拚命跟海老名暗示自己是個好人。這樣下去，這傢伙遲早會在推特上晒「別看我像個不良少年，在父親退休的日子，我甚至送了巴卡拉的杯子慶祝咧……」。之後甚至會在語尾加上香菸表符。

「隼人……」

看到同為三傻的夥伴靠不住，大岡發出如同小狗的可憐嗚咽聲，跟葉山求救，試圖抓住最後一根稻草。

葉山卻掩著嘴角，雙肩顫抖。

「……咦，隼人，你怎麼了？」

「沒事，沒什麼……噗。」

他故作鎮定，最後還是忍不住笑出來，發出「啊哈」的爆笑聲。

真難得……教室裡的同學通通驚訝得睜大眼睛。誰想得到無時無刻冷靜溫和陽光的葉山隼人，竟然會毫不在意他人的目光，捧腹大笑，甚至笑到眼角泛淚。連我都覺得「……那傢伙，原來還會露出那樣的笑容（心動……）」。

不過，葉山隼人終究是葉山隼人。

「外校的男生啊。」

他意味深長地喃喃自語，對坐在遠方的我投以同樣意味深長的目光，眼底透出一絲愉悅的情緒。

喂你這傢伙看我幹麼……收起那噁心的笑容。還來！把我的心動還來！

為了逃避葉山的視線，我繼續動手收拾東西，眼角餘光瞥見葉山聳了下肩膀。

「我大概知道你們誤會的原因了。」

葉山輕聲嘆息，神情變得柔和，揚起嘴角。

「不好意思，不是那麼有趣的話題。寒假我因為家裡有事要出門，碰巧在那裡遇到結衣。我猜那個人是看見我們當時在一起，才會誤解。」

「嗯、嗯，對對對！大概是！絕對是！」

由比濱激動地附和葉山。

「謠言就是那樣，怎麼可以照單全收呢。對吧？戶部。」

葉山輕拍戶部的肩膀，戶部豎起大拇指。

「嘿啊！就是說嘛！」

大岡與大和也紛紛附和。

「對、對啊——！唉唷——我也覺得不可能——」

「那你就別說。」

葉山戲謔地輕戳大岡的頭。那正是男生打打鬧鬧的方式。被戳頭的大岡做出滑稽的反應，教室裡的氣氛徹底緩和下來，儼然是和平的放學時光。

葉山算準這個時機，拿著書包起身。

「該去社團了。」

「嘿啊，時間差不多了。」

「那我們也走吧。」

他們你一言我一語，大岡與大和跟著戶部站起來，對三浦她們揮手道別，走出教室。

三浦朝葉山一行人的背影點頭回應，陷入沉思。

由比濱不曉得如何理解她的沉默，輕輕把手放到三浦肩上，然後正經地看著她。

「那個，真的只是誤會喔？我和隼人真的什麼關係都沒有。啊，小雪乃也是。」

「咦？啊——嗯。是喔？」

「嗯，那一天，我跟自閉男一起去買東西，遇到小雪乃的姊姊，隼人家跟小雪乃家很熟，所以他們新年會一起吃飯。之後小雪乃也被叫過來了……的感覺？」

妳口才未免太爛了吧……好像在聽小孩子說話……海老名點點頭，幫忙統整這段雜亂無章的說明。

「原來如此～所以是隼人參加家庭聚餐時遇見妳，碰巧被人看到，然後就傳出緋聞囉。」

「嗯，大概。」

「你們三個都滿引人注目的，容易給人留下印象，又能拿來聊八卦。」

她邊講邊得出結論。由比濱點頭附和。三浦本來也差點跟著點頭，在點到一半時突然停下。

「……咦，等等。意思是自閉鬼也在囉？你們一起去買什麼？」

「咦。」

由比濱發出困惑的聲音，與此同時，海老名兩手一拍。

「啊，外校的男生原來是他啊～」

「唔咦!?」

哎唷，原來如此～我們學校的人不認識我嘛。被當成外校的男生也沒辦法～在我假裝置身事外時，三浦和海老名的視線刺在我身上。

「喂喂喂，這是怎樣？」

「對呀，說來聽聽。」

「咦，啊，咦咦～」

三浦和海老名一面偷看我，一面質問由比濱。由比濱啊嗚啊嗚地叫著，變得跟海獅一樣。

不妙……繼續待在這裡，不知道矛頭什麼時候會指向我。趕快閃人吧。

我從座位上站起來，使用我的拿手好戲「絕」消除氣息，走出教室。

× × ×

放學後的喧囂聲，擴散到了走廊上。

校內充滿新年，或者說新學期特有的躁動的興奮情緒。通往特別大樓的走廊平常沒什麼人，今天卻看得見稀稀落落的學生，大家似乎聊得很開心。

「妳聽說了嗎——？葉山同學的那個傳聞——」

「啊——那個啊。聽起來很像真的對吧？」

與我擦身而過的女生提起剛聽說的謠言，另一個人跟著答腔，笑聲不絕於耳。

恐怕跟海老名同學在教室說的一樣，零碎的情報被人拼湊起來，掀起拿這件事推測事實或聊八卦的風潮，擴散出去。

明明不是跟我有直接關聯的話題，每當聽見有人在談論，就會湧上一股讓人想縮起脖子的不適感。

八成是因為我對那些隨便聊別人八卦的陌生人感到反胃。

謠言最難處理的地方，就在於那些人未必有惡意。

純粹是因為有趣。因為大家感興趣。因為當事人是名人。所以講什麼都可以——他們這麼理解，拿謠言當茶餘飯後的話題，無人對此存疑。

不負責任地散播錯誤的情報，不去查明真偽。

就算因此造成他人的損失，也會用一句「那是謠言啦」將責任推得一乾二淨。平常那麼愛刷存在感，只有情勢不利的時候厚著臉皮宣稱自己是平凡的一般人。

真的非常噁心。

聽別人背地講我壞話還比較輕鬆……雖然我也無法接受身分不明的外校男學生，快要變成八卦話題登場人物的這個現狀。

思及此，我便下意識深深嘆息，書包從垂下的肩膀滑落。

是我輸了。是我不好。是我錯了。

剛開市的鬧區。高中生在那邊逛街再正常不過。平常我不會去那裡買東西，所以忽略了這一點。虧我新年參拜時還覺得說不定會遇到認識的人。

儘管我沒有自覺，放寒假之後，我好像也挺興奮的。

聖誕節、年末、新年接連發生異常事件，導致我誤會了。

否則照理說，我不會早上在大門口跟她聊天，毫不擔心被人看到。

現在回想起來，戶部是聽說了「外校男生」的傳聞，才會做出那欲言又止的反應。不難想像看到我跟由比濱在聊天，他會想到什麼。大岡在教室把「外校的男生」

這個話題拋給他時，他大概也是因為顧慮到我們，才支吾其詞。

其實我們並沒有那方面的關係，所以戶部根本不用顧慮這個，但我很感謝他沒有拿這件事開玩笑或瞎起鬨。戶部雖然又吵又煩，其實他人挺不錯的。雖然他超煩。

是說，知道真相的葉山先生聽見「外校的男生」時還看著我笑，會不會太邪惡了？至少忍住別笑吧……

好啦，戶部和葉山沒錯。反而要感謝他們幫忙保密。

剩下就是我要重新繃緊神經了。我可不想因為奇怪的傳聞給人添麻煩。

我下定決心，背好滑下來的書包，聽見身後傳來在追我的腳步聲。

走路這麼熱鬧的，只有由比濱一人。我稍微放慢腳步，由比濱很快就追上我，用書包毆打我的腰。

「好痛……」

其實一點都不痛，但我還是邊說邊停下腳步，這樣才符合禮節。由比濱站到我旁邊，瞇眼瞪著我。

「幹麼自己走掉。」

「妳們還在聊天啊……」

再說，我不記得我們有約好要一起走……不對，去年十二月我們有約好一起去社辦。看來對由比濱來說，那個約定仍然有效。

總之先走吧……我抬起下巴催促她，在走廊上前行。

小步走在旁邊的由比濱斜眼瞄著我，嘟起嘴巴，似乎有話想說。我用視線詢問她怎麼了，由比濱不安地開口。

「那個，剛剛大家在聊的……你、你聽見了嗎？」

「畢竟你們那麼顯眼……」

那群人本來就相當引人注目，講話又大聲，葉山還直接爆笑……留在教室的人都看見了吧。

「我、我和隼人什麼關係都沒有！是真的！」

由比濱快步追過我，轉身凝視我的臉。知道啦，不必那麼激動……

「呃，我也在場，所以我知道啊……幹麼？妳不記得喔？」

「記得啦！」

我隨口調侃她一句，由比濱用力拍打我的肩膀。

她的手無力地垂下，聲音也變得微弱。

「我想說的不是那個……」

她嘴上這麼說，卻沒有繼續解釋，低著頭撫摸頭上的丸子。

走廊上只有我們兩個的腳步聲，沒有其他聲音。

我講出純粹是用來填補這陣沉默的話語。

「謠言就是謠言。不用放在心上。」

「嗯，可是……」

由比濱一時語塞，馬上抬頭。

「可是，小雪乃和隼人……啊，還有我。我在想，我們會不會總有一天真的跟人在一起呢。」

由比濱靦腆一笑，我試著想像那樣的未來，卻想像不出來。雪之下自不用說，葉山跟特定的對象發展成戀愛關係，我也無法想像。

由比濱跟人交往的模樣卻輕易浮現腦海，連我自己都感到驚訝。

記得戶部說過，由比濱很受男生歡迎。而且準備運動會的時候，男生也一直找她說話。

想到這件事，感覺並不好。

因此，我決定迅速中斷這個話題。

「難說喔，不知道……妳可別在社辦聊這個。」

「咦?為什麼?」

由比濱看著我眨眨眼睛。我望向社辦的門，吸引她看過去。

「……那傢伙絕對會生氣。」

「……確實！」

儘管我們加入侍奉社的時間不到一年，我們每天都會見面，度過同樣的時間。講什麼話會惹雪之下生氣，我大概想像得到。知道有人不負責任地拿她聊八卦，她絕對會氣炸。

我和由比濱在走進社辦前面面相覷，點了下頭，時隔多日後打開社辦的門。

2

理所當然似的，一色伊呂波就在那裡。

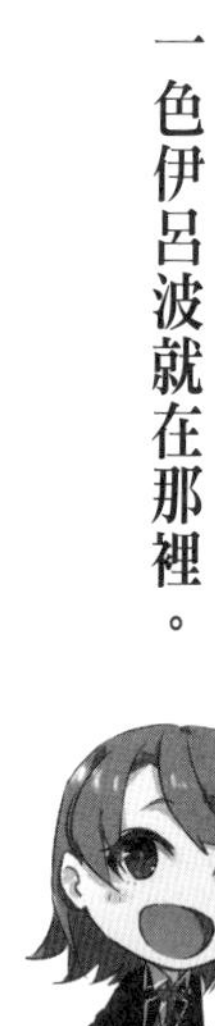

太陽一下山，走廊的溫度就慢慢開始下降。尤其是窗戶多，人又少的特別大樓，這個現象更加顯著。

隔著一扇門的侍奉社社辦，卻充滿溫暖的空氣。

有部分當然要歸功於暖氣。按照慣例，第一個進社辦的社長雪之下先開了暖氣。

不過原因不只氣溫，溫暖的是我們身處的這個狀況。

眼前這塊放在桌子上的蛋糕，正是溫暖的象徵。

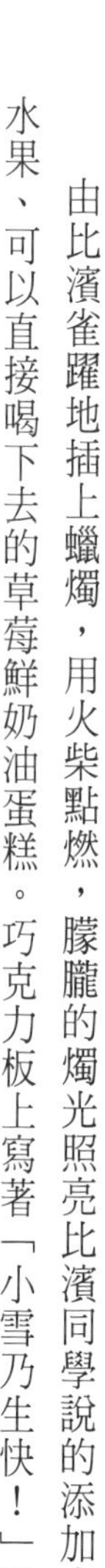

由比濱雀躍地插上蠟燭，用火柴點燃，朦朧的燭光照亮比濱同學說的添加大量水果、可以直接喝下去的草莓鮮奶油蛋糕。巧克力板上寫著「小雪乃生快！」五個字。雪之下盯著它，露出有點羞澀的笑容。

本來應該要插上跟歲數一樣多的蠟燭，精緻又有點高級的蛋糕卻沒那個空間，只插了幾根，再搭配數字形狀的蠟燭。

最後點亮的是1和7的蠟燭。

之後只要讓雪之下吹熄蠟燭，大家鼓掌祝賀，順便跟瑪麗蓮・夢露一樣高唱「祝妳，生日……快樂……」慶生儀式便告一段落。當然也可以跟史提夫・汪達一樣熱唱「祝妳！生——日快——樂樂樂樂樂！」。就是在居酒屋或餐廳吃飯，燈光突然全暗，冒出插著劈里啪啦的神祕煙火的蛋糕，其他客人也被迫跟著鼓掌時常會放的那首歌。拜託你們，要搞這些花招去包廂玩好不好……不要波及其他客人喔！

我在內心傾訴莫名其妙被捲入驚喜慶生派對的怨言，由比濱則在這段期間做好準備。

現在正好是吹熄蠟燭前的拍照時間。

嗯嗯。這種食物就是要在開動前拍照上傳ＩＧ。切好的剖面圖和用筷子夾起來的畫面也要記得拍，這樣就一百分囉！

我自以為導演，在後面看著拍攝過程，由比濱忽然轉過頭，招手叫我過去。

「要大家都入鏡！快點，自閉男也過來！」

子。

「咦咦……算了吧，我就不用了……妳們自己拍……」

「比企谷同學……不好意思，請你放棄吧。」

這種時候由比濱挺強硬的。雪之下輕嘆一口氣，心不甘情不願靠近放蛋糕的桌子。

「快快快！不然蠟燭會融化！」

她都這麼說了，我也不敢再拖下去。

沒辦法……今天可是難得的慶生會。即使是我這種人，待在鏡頭邊緣也能幫忙營造熱鬧的氣氛吧。而且，我可不想看蛋糕被蠟燭弄髒。我做好覺悟，走到蛋糕旁邊，使盡渾身解數扯出笑容。還順便雙手比V做出阿嘿顏，福利大放送！我怎麼那麼不擅長笑？我平常的笑容就是阿嘿顏嗎？

果不其然，我的出血大放送好像無法滿足由比濱。

「這樣拍不到啦……再靠近一點。」

由比濱拿著切換成前鏡頭的手機，抓住我的袖口把我拉過去。突如其來的行為害我一個不穩，反射性把手撐在桌上。啊，等等，鼻要啦……兩手的V都不見了，這樣不就只剩阿嘿顏了嗎！

我很快就沒了開玩笑的心情。

隔著衣服從相碰的肩頭傳來的體溫，感覺比裸露的肌膚更加真實，散發淡淡的甜美香氣，令我屏住氣息。這種距離感，我真的不知道該如何是好。

由比濱按了兩、三次快門，總算放開我。

我趁機逃離那個地方，回到原本的位置。

累死我了，明明幾乎什麼都沒做……我碰觸肩膀，按摩緊繃的肌肉，覺得那裡還殘留著她的體溫。

由比濱似乎不怎麼在意，又多跟其他人拍了幾張照。她笑咪咪地看著手機，滑來滑去，看起來心滿意足……

拍紀念照時間到此結束。

吹蠟燭典禮終於揭開序幕。

由比濱退至一旁，將蛋糕正面的位置讓給雪之下，大大展開雙臂，邀請她站到那裡。

「小雪乃，請！」

「好、好的……」

在由比濱的催促下，雪之下小心翼翼地起身，走到蛋糕前面。她把手撐在大腿上，彎下腰，準備吹熄蠟燭。

這個瞬間，一綹光澤亮麗的烏黑長髮輕輕垂落，恰似遮住雪之下臉龐的簾幕。

雪之下用纖細的手指將頭髮撥到耳後，靜靜閉上雙眼。修長的睫毛在顫動，或許是緊張所致。

她稍微噘起嬌嫩的嘴脣，發出宛如呢喃的細微吹氣聲。

火焰晃了一下，一聲不響地消失，細煙飄向上空。

「生日快樂～！」

由比濱興奮地歡呼，我們也鼓掌應和。

儀式順利告一段落，由由比濱切蛋糕。蛋糕平均分成四塊，放到各自的紙盤上。

「那麼，再說一次……」

由比濱清了下喉嚨，帶頭祝賀。

「小雪乃，生日快樂——！」

「生日快樂。」

「生日快樂——」

我們紛紛祝福她，雪之下扭動身軀，很不自在的樣子，大概是在害羞。

「謝、謝謝……那個，是、是不是配茶吃比較好？」

話才剛說完，她就迅速起身，急忙開始準備泡紅茶。

感嘆聲參雜在茶具的碰撞聲中，從旁邊傳來。

「哦——雪之下學姊的生日原來是一月三日。順帶一提，我是四月十六日生喔，學長。」

「又沒人問妳……」

這傢伙為什麼也在啊……

我瞇眼盯著她，那傢伙故作無知地歪過頭，亞麻色髮絲於空中搖晃。有點亂的制服底下穿著一件羊毛衫，她把手縮進袖口，用握在小手中的叉子抵住水嫩的嘴脣。

一色伊呂波理所當然似的，待在侍奉社的社辦。

她拿了四分之一塊蛋糕，還接過紙杯喝著熱茶。這人適應力也太高了吧，妳是TOKIO的成員嗎（註7）？這傢伙感覺在無人島也活得下去……

「所以，為什麼妳也在？」

「咦——因為這個時期學生會又沒事做。」

「有很多事可以做吧，雖然我不清楚。沒事的話可以去社團啊。妳還是足球社經理吧。」

一色聽了，輕拍我的肩膀。

註7「適應（Tekiou）」與日本偶像團體TOKIO音近。

「哎唷，又不會怎樣——啊，對了。我是要來拿聖誕節時寄放在這裡的東西啦。」

「顯然是臨時想到的。」

這藉口有夠假，用膝蓋想都不會信。

「唉……」

雪之下嘆了口氣，旁邊的由比濱則面帶苦笑。伊呂波真是的……大家都很無奈，一色卻面不改色。她的表情實在太沒變化，真想把她做成雕像送進美術館展覽。

一色大概是覺得被我盯著看太尷尬了，吹著看起來不怎麼燙的紅茶假裝沒事。

「啊，對了。」

她突然開口，笑著提出驚人的問題。

「雪之下學姊和結衣學姊，哪一個在跟葉山學長交往呀——？」

「咦!?」

「……妳說什麼？」

由比濱大聲驚呼，雪之下頓時停止動作。

哇咧——這傢伙為什麼能若無其事地踩爆人家的地雷……現在是在上演《危機倒數》（註8）嗎……而且她還問得那麼直接，毫無前兆。我不禁想到使用巨斧投法投

註8 以拆彈部隊成員為主角的美國戰爭電影。

出令人措手不及的超快球的那位已故王牌投手。（註9）

不過以一色的個性，這個問題她肯定是故意問的。她之所以來到這間社辦，也是為了確認謠言的真偽吧。

「我、我說，伊呂波，這件事……」

「一色同學……」

由比濱苦笑著想跟她解釋，被冷澈如冰的聲音打斷。

我望向聲音的主人雪之下，她臉上的微笑，彷彿籠罩著淡淡一層極光；底下冰冷的雙眸，彷彿是用北極寒冰雕刻而成。

一色似乎不小心正眼看到她的表情，身體及聲音都在瑟瑟發抖。

「在、在！」

她小聲回應，身體後仰躲到我身後。嘿，不可以拿別人當擋箭牌。

一色從我的肩頭後面偷偷探出頭，雪之下以銳利的目光射向她。

「……怎麼可能。」

聽見她斬釘截鐵地斷言，一色頻頻點頭回應。

「說、說得也是——！嗯，我也覺得怎麼可能！」

註9　指日本職棒選手村田兆治。

「對、對呀！怎麼可能！」

由比濱打起幹勁，跟著全力附和，一色卻搖搖手，滿不在乎地扔下一顆炸彈。

「不不不結衣學姊超有可能的。」

「為什麼!?」

我聽見由比濱淒厲的慘叫……呃，該怎麼說……硬要說的話，是外表吧……外貌形象真可怕！……真的好可怕。

我感慨地心想，由比濱陷入消沉，雪之下仍在生氣，一色則無視我們，擅自嘰哩呱啦說個不停。

「不管是結衣學姊還是雪之下學姊，我一開始就知道不可能發生那種事，所以沒差。不過，聽見傳聞還是會好奇嘛——？」

「傳聞？」

雪之下逮到這個詞，視線落到我和由比濱身上。事已至此，很難瞞得住她。我努力慎選措辭，開口說道：

「喔，嗯，好像有些人在討論那個……」

「唉唷——我也嚇了一跳。我們之前不是在外面見面嗎？似乎有人看見了，產生誤會。」

雪之下聽了深深嘆息，一副發自內心感到不耐的樣子。

「原來如此。那些低俗之人自己妄加揣測的嗎……」

對高中生來說，沒有比戀愛關係更有趣的話題。而且還是葉山、雪之下、由比濱三位名人，自然會想八卦一番。

一色喜歡葉山，會想確認謠言的真偽並不奇怪。我望向一色，她正在歪頭沉思。

「可是，這個狀況不太妙吧。」

「是啊，身為當事人，我感到十分困擾。」

「啊，不是，我不是那個意思。」

一色有點委婉地表示否定，雪之下面露不解。

「那妳的意思是？」

「神奇的是，葉山學長目前從來沒有傳過這麼具體的緋聞。」

「啊——真的……」

由比濱看著天花板回答，或許是有同感。

這麼說來，我的確從未聽人聊過葉山隼人的戀愛關係。雖然其他人的我也沒聽說過啦。因為沒人會跟我講這些……

「所以女生們好像都很在意那個謠言喔——」

一色抱著胳膊沉吟。

從未跟人傳過緋聞的葉山隼人跟人交往的可能性。

葉山那麼受歡迎，有對象很正常。對葉山抱持好感的女性也會為那潛在的危機擔憂吧。

而她們的恐懼，因為這則傳聞一口氣浮現檯面。這件事會對葉山周遭的人際關係帶來何種變化呢？

「……傳聞嗎？真不幸。」

雪之下輕聲呢喃。她的語氣聽起來不像在跟特定對象說話，視線前方的紅茶泛起細微的漣漪。

「唉、唉唷！別放在心上，過一段時間就會平息了！不是有句話說謠言只能傳四十九天嗎！」

「是七十五天。」

誰過世了啦。怎麼？最近有人要做七嗎？

「總之！別在意。」

由比濱貼心地安撫雪之下。

確實，現在能做的只有默不作聲。跟基於好玩的心態到處聊別人八卦的傢伙解釋也沒意義。只能像貝殼一樣把嘴巴閉緊。面對帶有惡意的誤會及拿它找樂子的風潮，沉默乃唯一的對策。

氣得臉紅加以反駁，會被笑是被人說中了才惱羞成怒，硬要找你碴，挑你語病。他們只是想找樂子，因此任何反應都可能成為那些人攻擊你的靶子。

不僅如此，如果幫被攻擊的人說話，下次就會輪到那個人遇害，在這場你敲我擋猜拳遊戲中，出什麼都會淪為唯一的輸家。連什麼都不做都有可能遭到批判，這卻是能將損失控制在最低限度的處理方式。

雪之下也明白這個道理，輕輕點頭。

「……但願如此。」

「希望囉——」

她們講的話差不多，由一色說出口，聽起來的感覺卻差了十萬八千里……我開始感到不安了，請妳不要講那種話。

一色像坐在緣廊的老奶奶似地小口喝茶，發現我帶有譴責意味的目光，笑咪咪地說：

「用不著把這件事看得太嚴重吧？雖然我不清楚情況。」

「妳超隨便的……」

一色鼓起臉頰，彷彿在譴責我不該這樣講她。

「情人節快到了，大家很愛聊這種話題。如果是『葉山學長跟雪之下學姊在交往喔～』這種一對一的八卦，倒是會真的有可信度……」

「哦……」

原來如此。或許有道理。

目前蔚為話題的對象不只葉山，還有雪之下、由比濱，再加個外校的男生，成員相當豐富，正好適合拿來跟人閒聊。不過被八卦的那一方會覺得很煩。

事實上，雪之下跟由比濱都愁眉苦臉的。我也因為某些人的消息來源被當成「外校的男生」，感覺不太舒服。

我們三個都端起杯子喝茶，彷彿要沖淡嘴裡的苦澀，馬克杯和茶杯同時見底。

在雪之下幫大家倒茶時，一色拍了下手。

「啊，說到這個，我想起來了，你們知道有哪家店適合用來辦慶功宴嗎？」

「慶功宴？」

雪之下往一色的紙杯裡倒滿紅茶，一臉疑惑地回問。

「是的，之後不是要辦馬拉松大賽嗎——？學生會姑且也有幫忙籌辦活動。所以比賽結束後，我們想辦個慶功宴。」

「哦——學生會的工作挺多的嘛。」

一色總是泡在侍奉社社辦喝茶吃點心，我還以為她不怎麼忙，看來她有在認真做事。我對她產生一絲敬佩，一色得意地挺起胸膛。

「對呀對呀。我今天就是來找你們商量這個的——」

「咦咦……伊呂波，妳剛才明明不是這樣說……」

「妳不是說要來拿聖誕節寄放在這邊的東西嗎……」

由比濱整個傻眼，雪之下無奈地按住太陽穴，頭很痛的樣子。

一色卻對兩人冰冷的眼神視若無睹，俏皮地吐出舌頭☆還拋了個媚眼♪

「是嗎？」

她一語帶過，接著說道：

「最好是能給我們一些方便又好待的店家～啊，還有希望便宜一點。」

要求有夠多……高中生的慶功宴去吃燒肉吃到飽或涮乃葉就行了吧……反正那些傢伙只要能填飽肚子就好……不如說乾脆去吃薩莉亞吧。薩莉亞每家店都有派對套餐，一人一千日圓即可搞定。薩莉亞最棒！薩莉亞最棒！——總武高中侍奉社擅自為薩莉亞聲援。

可能是因為我心裡在這樣想吧，一色轉頭看著由比濱一人。

「結衣學姊，妳有推薦的店家嗎？」

「喂？可以不要把我和雪之下排除在戰力外嗎？」

我就算了，雪之下大概有很多口袋名單。對不對？雪基下同學？我望向雪之下。

「慶功宴……慶功宴……慶功宴會做些什麼……」

然而，雪之下在喃喃自語，認真思考。眼睛和大腦都不停轉動，正在努力讀取資料。沒辦法，小雪基乃偶爾要讀取很久。讓人覺得沉重的是個性就是了。（註10）

如一色所料，雪基百科和八幡百科都派不上用場，剩下的結衣百科似乎也有點煩惱。

「嗯……只要便宜的話是有很多選項，但價格會反映在餐點上……我覺得選好一點的店大家會比較滿足，吧？」

經過一番深思熟慮，由比濱如此提議，一色聽了垂下肩膀。

「啊……說得也是～」

她的語氣聽起來深有同感。由比濱也跟著點頭，講出更嚴格的意見。

「嗯，有些店會沒地方放東西，不然就是飲料吧的種類很少……」

「對呀。」

註10「讀取很久」和「沉重」日文皆為「重い」。

「周圍還超吵的，隔壁的小團體會來湊熱鬧……」

「我懂。」

「還有，沙拉吧感覺品質很差……」

「真的。」

由比濱太懂了，導致對她產生共鳴的一色連敬語都忘記用，指向由比濱。由比濱毫不在意她沒用敬語，激動地回答：「對吧對吧！」

話說回來，她們兩個都在用非常符合女生個性的觀點在挑選店家耶，受教了。這時雪之下點了下頭，好像有贊成的部分。

「的確，價位高到一定程度後，客群會截然不同。」

「對對對，沒錯！所以我其實想砸一堆預算在這上面……可是想到下個月又有活動，不方便花太多錢～」

一色把手放在臉頰上，煩惱的嘆息脫口而出。這個動作會讓人覺得她很認真，不過她剛才說想砸一堆預算在這上面，這傢伙其實挺精的……雖然也可能是不小心說溜嘴的迷糊鬼。

哎呀，一色也變得挺有學生會長風範了嘛。把組織的預算當成私物，盜用、私吞，真是有模有樣的掌權者。

跟聖誕節活動的時候判若兩人，嗚嗚嗚……我差點嚎啕大哭，猛然想起。

好待又便宜的店……之前去過的那家店，是不是符合條件啊？

「……一色，我想到一家店。」

「是喔——」

我擺出源堂姿勢，正經八百地告訴她，一色的反應卻很冷淡。不只冷淡，幾乎沒有反應。

「欸，我說，妳那什麼態度……根本不相信我……」

「因為這話是由你說出口……」

一色對我冷眼相看。妳說得對，不過偶爾相信我一次好不好？

「我認識的人在那裡打工，她會擅自幫我們算員工價。裝潢挺好看的，餐點也在水準之上。」

聽我這麼說，由比濱和雪之下也猜到了。

「啊……」

「那家店呀。」

兩人點頭表示贊同，一色愣了下，對我投以懷疑的目光。

「咦，那種店真的存在嗎？不如說學長認識的人真的存在嗎？」

「存在存在。所以妳講話小心一點，注意用詞好嗎？妳也見過那個人啦。就折本。她在那裡打工。」

一色疑惑地歪頭，但她馬上就想起來了。

「折本……啊～海濱綜合的。學長的國中同學對吧？是什麼樣的店？」

意想不到的問題令我啞口無言。

「什麼樣的店……很、很潮的店……」

「喔。」

我不知道該如何回答，好不容易擠出一句話，一色卻露出「這傢伙在說什麼啊表達能力有夠差他是死宅嗎？」的表情看著我，「這傢伙在說什麼啊」更是直接說出口了。

「我看看喔……」

在我思考要如何說明時，由比濱滑著手機搜尋折本打工的店，拿給一色看。

一色湊向手機螢幕，點點頭。

「哦——感覺不錯耶。可以先去場勘嗎？方不方便請學長幫我問一下？」

「瞭解，我去填官網的詢問表。」

我笑著叫她放心交給我，一色面色凝重地擺手吐槽。

「幹麼透過官網？」

「我不知道折本的聯絡方式。」

「這樣還有臉說認識人家，你的心靈真堅強……」

雪之下按著太陽穴無奈地嘆氣，由比濱對我投以憐憫的目光。

「我、我倒是知道……你們可是國中同學，為什麼不知道啦……」

「我刪掉了。」

「呃……」

我立刻回答，由比濱拿著手機當場僵住，講不出話。

「通常一畢業就會刪掉吧。反正我跟那些人再也不會見到面，何必浪費空間。」

「通常才不會這樣！」

我語帶不屑，由比濱迅速反駁。可是，雪之下跟一色都沒什麼反應。

「刪掉……是不用做到這個地步，但確實不會有聯繫……」

「對方主動聯繫的話，我雖然會回……基本上沒必要留吧？」

那兩個人反而點頭表示嗯嗯嗯對對對我懂就是那樣，由比濱看了她們兩三眼。

「咦!?是我有問題嗎!?」

由比濱抱頭呻吟。

「原來妳有跟折本交換聯絡方式。」

「……對呀。畢竟聖誕活動的時候，我有幫忙聯絡人。我們沒講過幾句話就是了……」

由比濱愈講愈小聲，垂下肩膀。

仔細想想，由比濱當時的工作，確實是以幫我們收拾爛攤子、聯絡相關人士、管理預算為主。海濱綜合的男人通通聽不懂人話，她才會跟折本那幾位女性成員溝通吧。

「唔唔，不過我突然找她，她會不會覺得很奇怪……」

由比濱略顯疲憊地嘆氣，咕噥著跟手機互瞪。

安啦安啦，這類型的煩惱男生都經歷過，無論如何對方都會覺得你怪，女生都會想「這傢伙幹麼突然問我作業要寫到哪……」啦……

可是，嗯，是我建議辦在折本打工的店，折本的國中同學也是我。正常情況下，由我聯絡她才合理。基於這樣的責任感，我小聲提議：

「只要妳告訴我她的聯絡方式，我可以幫忙問。」

由比濱的視線從一個字都還沒打的手機上移開，瞄了我一眼，鼓起臉頰。

「你又沒用ＬＩＮＥ。」

我無言以對。不愧是最近的年輕人，聯絡方式也好高科技……唉唷，我也會想用光美的貼圖喔？但目前會跟我聯絡的人太少了，不用LINE也不會怎麼樣……

最後還是得麻煩由比濱跟她說，真不好意思。由比濱在我發自內心膜拜她的期間開始輸入訊息。

「好啦，我去跟她聯絡。問她接下來哪一天有班就行了嗎？」

「嗯，拜託了。」

由比濱點了下頭，帆帆地操作手機（註11）。過沒多久，她的手機就震動起來。

「啊，她回了。」

「好快！」

折本好有行動力～我的話會怕回太快被對方覺得我一直黏著手機，放置兩、三個小時再回。不愧是折本～然而論做事有行動力，由比濱和一色也不輸給她。

「她說下禮拜二四六。」

「那就配合她的時間吧。」

由比濱剛回答，一色就馬上用手機做記錄。推測是在確認時間，寫進行程表。

註11《蘿球社！》中的角色三澤真帆的暱稱。「帆帆（Mahomaho）」日文與「智慧型手機（Sumaho）」音近。

雪之下當然困惑不已。

「意思是，我們也要去嗎……」

「當然囉，這還用說。」

我們聊著聊著，社辦的門被人敲響。沒等人回應，對方就直接把門打開。

「……現在方便嗎？」

反射夕陽餘暉，綻放璀璨光芒的金色捲髮。以及被室內的暖氣蒸得起霧，無法看清鏡片底下的雙眸的紅框眼鏡。

站在門口的，是三浦優美子和海老名姬菜。

「優美子，姬菜……怎麼了？」

海老名朝不停眨眼的由比濱揮手。

「嗨囉嗨囉~有點事想找你們商量，可以嗎？」

「這樣呀。先進來吧。」

由比濱招呼她們，海老名推著三浦的肩膀走進社辦。

這時，三浦懷疑地瞥了一色一眼，眼神彷彿在問「她為什麼在這裡啊」，我也舉雙手贊成！

「啊，那我先走了，還有學生會的工作要做……」

懂得察言觀色的一色，留下這句話迅速離開社辦。

「再見再見——」

一色小聲道別，輕輕關上門。確認門關上後，由比濱叫三浦和海老名入座。

我、由比濱、雪之下自然而然按照順序坐成一排，與三浦、海老名面對面。

「妳們有什麼事？」

「沒有啦……該怎麼說？不是什麼大不了的事……就一點小問題。」

三浦支支吾吾回答由比濱的問題，看似有所顧慮，尷尬地別過臉。她吁出一大口氣，瞄向雪之下，以及由比濱。

那坐立不安的氛圍跟三浦平常給人的印象有所差異。

平常她可是個斬釘截鐵的果斷人物，豈止如此，還會用九頭龍閃將鐵塊直接轟爛。

三浦扭扭捏捏、戰戰兢兢，海老名輕拍她的背。她似乎因此下定決心了，輕聲嘆息，抬起臉。

「……我說，你們跟隼人有什麼關係嗎？」

肯定是在指那個傳聞。不只教室，與葉山、雪之下跟由比濱有關的不負責任的八卦，傳遍了學校。

一色在重新開始社團活動的第一天殺上門時，我就該意識到了。除了她以外，還有其他女生直接前來確認的可能性。

三浦優美子位於離葉山隼人最近的位置。

她不可能無動於衷。

3

在一個不巧的時機，比企谷八幡向葉山隼人攀談。

雪之下為客人泡了一壺新紅茶，柔和的香氣瀰漫社辦。

我卻覺得室內的溫度和冉冉升起的蒸氣形成對比，有點降低了。或許是她泡紅茶的優雅姿勢所致。

雪之下將紙杯放到三浦和海老名前面，挺直背脊。

「……妳的意思是？」

聽見雪之下從容不迫的提問，三浦不悅地回嘴。

「妳沒聽說那個傳聞嗎？」

「噢，那件事呀……」

雪之下像是疲憊又像是無奈，嘆了一口氣。長髮垂落。她煩躁地撥開頭髮，狠狠瞪向三浦。

「我們的父母親很熟，從小就有來往，所以會在新年聚會上碰面，僅此而已。不是妳想的那種關係。」

「嗯，我也只是碰巧在場。」

雪之下一副只是在陳述事實的態度，語氣平靜如水。由比濱也苦笑著補充。

實際上，真相正是如此。一月二日，我們在千葉巧遇，就這麼簡單。問題在於三浦會如何看待這件事。

「是喔……」

三浦像在判斷真偽似地瞇細雙眼，緊盯著雪之下和由比濱，突然往我這邊看。

「自閉鬼也是嗎？」

「咦，喔、喔……對啊……」

我被殺了個措手不及，驚慌失措地做出詭異的回應。明明在肯定，反而營造出事有蹊蹺的氣氛！三浦眼中的疑惑因此變得更加強烈。

「……算了，我也只能相信囉。」

出乎意料的是，三浦放棄得很乾脆。她死心地嘆了口氣。雪之下見狀，驚訝得睜大眼睛。我臉上恐怕也是同樣的表情。

三浦看我們一直盯著她，不太自在地用手指捲起髮尾，低聲咕噥道：

「只是，該怎麼說。因為隼人難得笑成那樣。他看起來很開心，從來沒有過那種反應對不對？所以反而更令人在意……」

我倒覺得硬要說的話，葉山那個笑屬於嘲笑或爆笑類……

由比濱「啊哈哈」地苦笑，可能是想起了那一幕。

「啊……我也有點嚇到…………我們沒在交往啦，真的沒有。」

「嗯，結衣是真的沒有。」

「就是說呀～」

三浦馬上點頭，海老名露出愉悅的微笑。由比濱臉上浮現有點困擾的羞澀笑容。雪之下噘起嘴巴，看起來不太高興。

「我也沒有……」

三浦尷尬地捲著頭髮碎碎念。

「知道啦，這件事無所謂了……可是，傳出那種傳聞又什麼都不做，我滿不爽的。感覺很不負責任。」

這段話有如自言自語，一字一句卻都是在對人說的。三浦看了我一眼，不耐煩地嘆氣。

「……所以，你們可不可以好好處理？就醬。」

她扔下這句話，別過頭。擺出她的意見到此為止的態度，懶洋洋地換了一隻腳翹，再度用手指捲起頭髮。

我能理解三浦想表達的意思。不如說，我理解的只有這個。畢竟她僅僅是自顧自地把想說的話說完。聽不懂的人才有問題。

但她的訊息太過模糊，欠缺具體性。所以，我實在忍不住不吐槽。

「什麼叫『就醬』……咦咦……妳來幹麼的？表明心情？」

「啥？」

我酸了她一句，三浦猛然抬頭，咂嘴瞪向我。海老名把手放到三浦肩上，苦笑著打圓場。

「優美子也會擔心啦。希望你們體諒她的心情。」

「擔心？」

雪之下面露疑惑。海老名點了下頭。

「隼人傳出這種緋聞也沒辦法。雖然他之前都控制得很好……」

海老名低著頭輕聲說道。

我看不見她的表情，不過從那冷淡的語氣判斷，鏡片後方肯定是冰冷的目光。

也許這不帶感情的一面，才是她的本質。在畢旅事件中，我也有過同樣的感覺。

海老名恐怕是對的。至今以來，葉山隼人都控制得很好。管好自己，制住身邊的人，試圖固定現狀。

可是在教室聽見那則謠言時，他的防線出現了短短一瞬間的破綻。流露激情，捧腹大笑。儘管微不足道，那細微的差異令人在意。正因為是表現得近乎完美無缺的葉山隼人，這小小的變化，甚至讓人擔心總有一天是否會釀成巨大的破綻。

事態是否會因為置身於謠言中心的葉山的行動產生變化？

在我思考之時，海老名突然抬頭，臉上掛著親切的笑容。

「隼人看起來不太在意，但結衣跟雪之下同學會有點頭痛吧？優美子媽媽擔心的是這個。」

「海老名，妳叫誰媽媽啊。」

海老名輕戳三浦的臉頰調侃她，三浦一把拍掉她的手。受到這種對待，海老名卻揚起嘴角。

我懂。我也差點失笑。不錯耶，優美子媽媽……等我五十歲的時候想去「優美子小酒館」，平常被她用超隨便的態度接待，偶爾會擔心我的健檢結果，喝摻水摻到酒味蕩然無存的酒（沒有比較便宜）……

我想像著不可能發生的未來二號，海老名依然面帶笑容，彎腰窺探三浦的表情。

「可是，妳很擔心吧？」

溫暖的視線落在身上，三浦瞬間語塞。

「這個嘛……與其說擔心，不如說，會在意……」

「是嗎……優美子在為我擔心呀……有點高興。」

三浦話講得斷斷續續，語氣比平常孩子氣許多，由比濱的則比平常更加溫柔。

「妳在說什麼啦……」

三浦別過頭，臉頰微微泛紅，用手指捲著髮尾，八成是覺得被人重新強調一次很難為情。這個舉動令雪之下輕笑出聲。

聽見她的笑聲，三浦瞪向雪之下，視線卻沒有剛才銳利，怎麼看都是用來掩飾害羞的威嚇。

總而言之，三浦來到此處的理由，並不是想確認跟由比濱之間的友誼。

雖然她沒有直接提出委託，或者請我們幫忙解決問題，我大概猜得到她的目的。

我刻意清了下喉嚨，面向三浦。

「也就是說，讓謠言平息下來就行了？」

「啊？也不是……」

三浦狠狠瞪向我。上一秒的可愛消失得無影無蹤，這個好像真的是威嚇，不是在掩飾害羞……

我靠假裝咳嗽逃避她的視線，講出有模有樣的結論。

「我知道我知道。我們會妥善處理，解決問題。這樣可以嗎？」

「嗯……差不多囉。」

海老名的表情很複雜，好像還有話想說，但她還是姑且點頭贊成了。眼中帶著一絲心死的情緒。

雖然我玩了一下文字遊戲，我們和三浦她們暫時達成共識。

消極地設法解決這件事，採取應對措施。

不過，我也不是沒想到任何具體的手段。

能抑制謠言傳播的有效手段並不多。不可能消除不特定多數人的好奇心及興趣，別人的嘴巴我們也管不了。

由比濱和雪之下似乎也很清楚。

由比濱發出參雜困惑之情的嘆息。

「嗯——我也希望有辦法解決，可是……」

「這種問題只能等其他人失去興趣了。」

我左思右想，由比濱和雪之下同樣面色凝重。尤其是雪之下，那句話她講得很有感情。

「嗯，對啊……」

雖說謠言不是只能傳四十九天，炎上時固定的處理方式，就是保持沉默直到話題退燒，不提供更多燃料，避免火燒得更大。隨便透露情報，有時會成為新的火種。

如果是社會人士或公司，應該有別的應對措施。最近的主流是遇到錯誤報導、假消息、誹謗中傷時先明確否認，然後再考慮走法律途徑。

不過，在學生之間的小團體這種不大不小的資訊社會中，最強大的戰術是防禦到底，什麼都別說就對了。話說回來，邊緣人這種生物不會跟任何人交流，也不會洩漏個人情報，在資訊社會擁有堅不可摧的防禦力吧？主坦太強我看贏定了。

在我思考獨立運作在ＩＴ社會的有用性時，由比濱低聲沉吟著。是說最近沒什麼人會講ＩＴ社會這個詞是因為真的變成ＩＴ社會了嗎跟傳福音一樣……殘酷天使的行動綱領～我幹麼突然唱起福音戰士的片頭曲？

由比濱沉吟著，不久後似乎想到了什麼，喃喃說道：

「如果能查出是誰起頭的，情況會不會不一樣……」

「不好說……」

雪之下語帶懷疑。我也不得不贊同她的意見。不愧是雪之下。看來她之前說自己習慣被人八卦，不是唬爛的。我懷著敬意望向雪之下。

雪之下用手托著下巴，凝視遠方。

「大部分的情況下，把起頭的那個人逼入絕境，嚴加斥責的話，對方會擺出受害者的態度，導致問題變得更嚴重……」

嗯？

嗯……那是妳自身的經驗對吧……妳把人家逼入絕境、嚴加斥責了喔……嚇到的人不只我一個。

「…………」

「…………」

「…………」

由比濱「呃啊」一聲講不出話，海老名露出僵硬的笑容。三浦縮起肩膀，不曉得在害怕什麼。三浦小姐是那個了嗎？想起暑假在千葉村被徹底駁倒的心靈創傷了？

大家都不說話，雪之下也察覺到氣氛不對，臉頰染上淡粉色，清了下嗓子。

「不管怎樣……我認為不該太過積極地採取行動。」

「妳說得沒錯。實際上，根本不可能查出謠言的出處。不如說沒有意義……」

「會嗎？」

由比濱看起來不太懂，我點頭回應。

校內的八卦，難以找出情報的源頭。

不存在是否說過的明確證據，逼問罪魁禍首時，對方說謊也不會受罰。

而且，假設真的抓到人，情報一旦擴散就無法收回。他人的負面評價或醜聞又特別容易傳出去。即使加以更正，沒人會對正確情報有興趣。

因為很好聊、因為是有趣的話題、因為揭發他人做的壞事是正義之舉。正義的使者有權以言論制裁傳出負面評價的人。

所以謠言、假消息、醜聞這類東西，在話題的新鮮度及人類的正義感消耗殆盡前，都不會消失。

能夠待在絕對安全的地方，使用言語的子彈或箭矢單方面攻擊他人。

就算那則傳聞的情報有誤，基於好玩的心態散播謠言的人也不用負責。

因為有錯的是「謠言」。

有人還會聲稱自己也是被謠言欺騙的受害者，反過來生氣。甚至有可能變成當事人的錯，誰叫他自己要做出會傳謠言的行為。害人誤會的那一方將被迫背負這個罪名。

世人今天也高唱著自稱正義的凱歌。世界無時無刻都需要沙包。極度渴望好找又方便，能夠笑著抨擊的對象。

可惜遭人恣意操作，已經傳開的八卦，是無法收回的。解釋、說明、更正、收回都沒有意義。

「這種時候通常是閉嘴等待事件平息……」

話講到一半，我偷瞄了三浦一眼，三浦低著頭。臉上的表情不得而知，但她應該無法接受吧。

不意外。

葉山、雪之下、由比濱，甚至連三浦都包含在內，為何他們什麼錯都沒有，卻要被這種傳聞搞到心情不好？

豈有此理。

「……哎，想點辦法好了。」

因此，這句話脫口而出。

這個問題肯定無法用正當手段解決。就連此時此刻，我都在不停思考各種可能性，然後立刻否定自己。

以我的做法恐怕無法造成任何變化，只是垂死掙扎罷了。

不過總比要忍著跟胃食道逆流沒兩樣的反胃感聽人談論這個無聊的八卦，坐視不管來得好。

我懷著這樣的心情低聲說道，女性成員的注意力紛紛集中在我身上。

呃，對不起，在妳們期待的時候講這種話，但我這次真的半點計畫都沒有……

雪之下和由比濱不愧是跟我認識那麼久的人。她們看著我的眼神流露出一絲不安，或者可以說是訝異。

「你有頭緒嗎？」

「沒有。」

我光明正大回答雪之下的問題。雪之下無奈地嘆氣，由比濱則苦笑著說：

「啊哈哈……那、那現在要怎麼辦？」

「不管要怎麼處理，有必要先跟葉山談談吧……」

這則謠言，位於中心的關鍵人物無疑是葉山隼人。為了控制之後的風向，無論要走哪個路線都得確認葉山現在的處境及意向，可以的話還想請他幫忙。

既然如此，需要有人擔任跟他交涉的窗口……我望向三位女性。

三浦馬上別過頭。

「啊，那個，我有點，不擅長講這個……會有種自以為是隼人的誰的感覺……」

三浦紅著臉用手指捲頭髮，面有難色。

我想也是。總不能叫港之優美子橫濱橫須賀小姐這種會被義大利麵感動到的少女問「……你是她的什麼人」這種問題。（註12）

那雪之下和由比濱呢……想到一半我就意識到，不能讓兩位八卦的當事人跟葉山接觸。

這樣的話，只剩下一個人……我移動目光，海老名一副惶恐不安的模樣。

「這怎麼行這怎麼行，我不能介入隼人和比企鵝同學之間……！啊，如果只是要化為牆上的汙漬默默守望你們，我倒是可以幫忙。不如說讓我幫忙吧？」

「沒關係，不用了……不如說絕對不要……」

海老名笑咪咪地發出「腐腐腐」的奇妙笑聲，我明確地拒絕她，海老名失望到不行。

註12　哏出自日本女子偶像團體蒲公英的歌曲〈被義大利麵感動的少女〉，以及日本搖滾樂團 Down Town Boogie-Woogie Band 的歌曲〈港口的洋子・橫濱・橫須賀〉。「……你是她的什麼人」為〈港口的洋子・橫濱・橫須賀〉的歌詞。

儘管我非常不甘願，用刪去法篩選後只能由我出面了。

「……我先去跟他談談吧。」

我嘆了一大口氣，海老名吸了一大口口水。

× × ×

今後的活動方針姑且定下來了，侍奉社今日的活動時間到此結束。

三浦和海老名都離開社辦，我們也原地解散……本來應該是這樣，我卻被迫無償加班。

去問葉山隼人的意見。那就是我的任務。

通常會使用文明的利器——手機，三秒鐘搞定這件事，可惜我不知道葉山的聯絡方式。請由比濱幫忙也是可以，不過萬一被人看見兩位當事人在跟對方聯繫，為八卦火上加油就糟了。

可悲的是，對方貴為足球社社長。搞不好得等到離校時間，再加上聽說社團活動結束的時間不得而知。我們學校的操場不怎麼大，卻要由足球社、棒球社、橄欖球社、田徑社共同使用，因此活動範圍和活動時間都要視各社團的討論結果而定。

沒辦法，我只好坐在看得見操場的中庭的長椅上監視。種在中庭的樹木，樹梢被寒風吹得搖來晃去。

太陽一下山，氣溫便驟然降低。

這所學校位於海邊，所以沒有被巨大的建築物擋住，直接暴露在冬天的海風下。

千葉縣本來就是日本最平坦的縣市，是個通風的縣市，同時也是氣氛和諧、年輕人能夠大展長才的縣市。這什麼鬼，好像黑心企業的徵才廣告。真神奇，這樣就能理解千葉這座東京的睡城，為何會淪為社畜的巢穴了！

當千葉市民當了十七年，身體自然會習慣這陣冷風。拜其所賜，冰冷的人心我也習以為常。

話雖如此，不久前我還待在溫暖的社辦，溫差這麼大實在有點難受。

不過，神明為了這種時候，將MAX咖啡賜給了千葉縣！再嚴寒的冬天，只要喝口熱呼呼甜到爆的MAX咖啡，血糖值就會直線攀升！血糖值太高害人突然想睡，甚至有可能直接睡著凍死。神明有時就是這麼殘酷……

唉唷，不睡著就沒關係了吧。我走向大門口附近的自動販賣機，想用神明賞賜的飲料MAX咖啡取暖。

我將手伸向寫著「熱」的按鈕。

那隻手被人一把抓住。

抓住我的是一隻貓掌。毛茸茸的，上面還有粉紅色的肉球，跟布偶裝一樣。

「不介意的話，這給你……也有葉山同學的份。」

貓掌向我遞出兩罐ＭＡＸ咖啡。這隻貓掌是怎樣……小孩要去朋友家玩時叫他記得帶伴手禮的媽媽嗎……

抬頭一看，是貓掌連指手套在胸前一開一合的雪之下。原來妳把那雙手套拿來用啦……哎唷，瞧妳樂成這樣……

自己送的禮物被對方拿來用，站在雪之下身後的由比濱似乎也很高興，臉上洋溢幸福的笑容……這幸福的連鎖是在上演《讓愛傳出去》嗎？

不對，比起貓掌，重點是ＭＡＸ咖啡。

「呃，不用特地給他吧……只是要講幾句話而已……」

雪之下聞言，晃著手指開始發表高見。

「表現出這種態度，他也會覺得自己必須為你做點什麼吧。」

類似互惠原則嗎？也對，儘管不是什麼重大的交涉，考慮到我和葉山的關係，帶個飲料過去，感覺可以談得比較順利。

該心懷感激地收下嗎……我盯著貓掌拿給我的ＭＡＸ咖啡心想。

這時，由比濱輕快踏出一步，擋住我猶豫的視線，拎起那兩罐ＭＡＸ咖啡。

「好了啦拿去啦。」

由比濱把ＭＡＸ咖啡放到我手上。

「……那個，你應該等得很冷吧。」

她用雙手緊緊包覆我的手，讓我握住ＭＡＸ咖啡。溫暖的體溫透過肌膚傳來，沁入心扉。

在我為突然其來的舉動不知所措時，由比濱迅速放開手，後退一、兩步，站回原本的位置，默默移開視線，順便拉起圍巾。可是，看得出暴露在寒風中的耳朵都紅透了。

「喔、喔……那我就，收下了……」

明明沒圍圍巾，我的聲音卻含糊不清、結結巴巴，將還很燙的ＭＡＸ咖啡塞進口袋，代替暖暖包。

「……那我去問葉山，妳們可以先走。」

「總不能把事情全丟給你做……」

由比濱「唔唔唔」地沉吟，瞄了雪之下一眼，像在徵詢她的意見。

雪之下卻輕輕搖頭。我也贊成雪之下。不如說，本來就是我主動提議把她們排

除在外，我一個人去跟葉山談。

「要是你們又傳出奇怪的八卦會很麻煩。別管我，去水族館還是千葉手牽手一起玩，讓看到的人都知道妳們感情很好。」

通情達理的人看見跟葉山傳緋聞的兩人和睦相處的模樣，風向多少會變吧。雖然這全是我樂觀的推測，總比被人看見我們三個一起在等葉山來得好。

雪之下似乎察覺到我的言外之意，手托著下巴想了一下，過沒多久便抬起頭。

「說得也是……不好意思，那我們就先走了。」

「嗯——我還是覺得讓自閉男一個人做事不太好……」

「不用放在心上。這是工作。」

我隨口回應擔心地看著我的兩人。雪之下微微一笑。

「這句話真不適合你說。」

確實。我不禁露出自嘲的笑容，點點頭，由比濱好像也下定決心了，調整好背包的位置。

「那明天見囉。」

「嗯，明天見。」

我目送兩人離開，視線移回操場。

運動社團的人陸續結束練習，正在準備回家的樣子。

再過不久，足球社也會放人吧。我一面觀察他們的動向，一面期待葉山快點回來。

好冷喔……

雖說是工作，為什麼我要等葉山啊？問葉山的守護神不就得了，何必親自問他？

吾心已崩潰。身為寒冰，腿似木棍……由於一直沒人過來，還以為我展開了固有結界咧……（註13）

我打開開始變涼的MAX咖啡，小口喝著。

過了一會兒。

手中的罐子變得輕盈許多時，足球社的人總算整群往這邊走來。

然而，在那之中看不見葉山的人影。

那傢伙為什麼不在啦……我離開牆邊，左顧右盼，其中一人向我搭話。遠看都看得出來的褐髮和輕浮的語氣，是戶部。

「咦——？是比企鵝耶。你怎啦？」

註13 改寫自《Fate》系列中固有結界無限劍製的咒文。

他親切地跟我揮手，我也輕輕抬手回應。

「葉山呢？」

「隼人嗎？……啊——他現在在忙。」

戶部目光游移。我跟著他的目光看過去，卻沒看到葉山。

「他不在嗎？」

「呃，不是不在。介於在與不在之間？」

話講得不清不楚的。是怎樣啦。有夠麻煩……

「不在的話也沒辦法……那我走了。」

等了那麼久，這個結果令我有點不滿，不過既然無法達成目的，趕快閃人比較好。停損是賭博的基礎，同樣適用於人生這場賭局。我的人生怎麼一直在停損？

我跟戶部道別，前往腳踏車停車場。

「……啊！」

背後傳來戶部的聲音，我決定無視他，繼續前進。

結果，我在校舍後面發現葉山。什麼嘛，他明明在啊。看來葉山不是走正門，而是想走側門回去。

該怎麼開口呢。

我邊走邊想，走沒幾步就突然停下。

因為我在稍微照得到橙色街燈的地方，看見不是葉山的人影。

我反射性躲到校舍的牆壁後面，緊貼著牆壁，水泥冰冷的溫度透過背部傳來。

周圍太過昏暗，因此我看不清是誰在跟葉山說話。由身高判斷是個女生。「對不起，突然把你叫出來」等斷斷續續的聲音隨風飄來，從語氣推測是同年級的。

她穿著深藍色海軍大衣及紅色圍巾，握緊胸前的圍巾抬頭注視葉山的臉。

隔了一段距離都看得出，纖細的肩膀在瑟瑟發抖。

——噢，原來如此。

所以戶部才會支支吾吾的。

那名少女輕聲吸氣，揪住外套的領口做好覺悟。

「那個……這是我聽朋友說的。葉山同學，你真的有交往對象嗎？」

「不，沒有喔。」

「那可以跟我……」

「抱歉，我現在沒心思考慮那種事。」

他們的聲音雖然很小，我勉強聽見這幾句對話。

之後就什麼都聽不見了。

想必是因為雙方都無話可說。

即使聽不見，我也感覺得到。

令人窒息的獨特緊張感，以及與陽光爽朗相去甚遠的絕望感。

從暗處散發出來，與寒冬的空氣再適合不過的氛圍，很像剛才肌膚感受到的冰冷觸感。

讓我想起那個聖誕季，一色伊呂波和葉山隼人在得士尼樂園的那一幕。

他們又講了兩、三句話，恐怕是在道別。那個女生無力地對葉山揮手，轉身離去。

葉山看著她走掉，微微垂下肩膀。然後嘆出一口長氣，好像發現了我。

葉山笑了。不是害臊，不是羞恥，更遑論喜悅，純粹是心死的笑容。

「被你撞見奇怪的事件了。」

「啊——不會，就……抱歉。」

他率先開口，害我被殺了個措手不及，語無倫次。不對，就算他不主動跟我搭話，我應該也想不到要講什麼。若是被甩的人，我可以擠出一句安慰的話，但對於甩掉人的那一方，我實在無話可說。

葉山卻輕笑出聲，彷彿看穿了我的迷惘。

「你別在意。」

「……你也真辛苦。」

老實說，我只擠得出這句話。我對葉山隼人的戀愛關係毫無興趣，而且他的條件實在太好，所以我也不會嫉妒。調侃他幾句或許也算一種溫柔之舉，可惜我們沒那麼熟。

葉山聽了，一瞬間露出扭曲的表情。像喘不過氣，又像在忍受疼痛。但他馬上搖了下頭，露出一如往常的微笑，抬起下巴提議移動到停車場。我跟著他邁步而出。

「你正要回家嗎？」

「不是……我有點事想找你談……」

葉山有點驚訝。

「找我？」

我將ＭＡＸ咖啡扔給他，代替回答。

在這麼暗的地方我有點扔歪，葉山卻輕易接住了。看見手中的ＭＡＸ咖啡，他的臉有點臭。怎樣？你討厭喝ＭＡＸ咖啡嗎？給我喝，好喝到你飛上天喔。

我抬起下巴叫他閉嘴喝下去，葉山聳聳肩膀，將ＭＡＸ咖啡收進書包。

可是，他似乎有意願聽我說話，將視線移回我身上，催促我說下去。

我煩惱著該如何解釋，開口說道：

「……那則傳聞，你打算怎麼處理？」

我直指核心，葉山疲憊地嘆氣。

「那件事啊……只能放著不管了。貿然行事只會害情況變得更複雜。」

從他的口吻聽來，葉山似乎有過同樣的經驗。

不，不是似乎。以前也發生過類似的事，而他當時恐怕犯下了致命的失誤。

正因如此，葉山隼人才沒有採取行動。

可以理解葉山的選擇。我自己也認為遇到這方面的問題，放著不管最適合，積極介入並非聰明人的作風。更正確地說，是無計可施。

儘管如此，還是可以做點什麼——或許是這個想法反映在臉上了，葉山訝異地看著我。

「你想解決這個問題？」

「……可以的話……畢竟這是我工作的一環。」

我不知道該如何回答，便拿工作當藉口，葉山揚起嘴角，彷彿看透了我的想法。

「身為『外校男生』，你不忍心置之不理嗎？」

「那傢伙是誰啦。別看我這樣，我可是這所學校的學生喔？」

我隨口回嘴，葉山笑得更愉快了。不及今天早上的爆笑，蘊含其中的惡意倒差了不只一個等級。這傢伙真——的好邪惡……

「我也不想在你這麼有幹勁的時候潑你冷水，可是我能做的不多……抱歉，幫不上忙。」

葉山笑了一會兒，終於笑完後，靠清喉嚨強行切換模式，表情轉為嚴肅。

這句話聽起來明明像在酸人，葉山卻目光憂鬱。恐怕是出於愧疚。他用這種充滿無力感的語氣跟我道歉，我自然不會想諷刺回去。

「沒關係。光是我們都判斷覺得你不必特別做什麼，達成共識就夠了。」

「這樣啊……」

我們沒有再交談，來到停車場前。葉山在那裡停下腳步，指向側門的方向。

「我搭電車回去。」

「啊，是喔……那拜啦……」

我向他道別，葉山卻還站在原地。

他默默仰望天空。

我也跟著抬頭，好奇他看到什麼。

然而，眼前只有關了燈的校舍和玻璃窗反射的街燈光芒。明月及繁星都不見蹤影，只映照出人工燈光的鏡像。

葉山忽然開口。

「如果能設法平息事態就好了……」

他留下這句話，轉身離去。

走向街燈照不到的暗處。我很清楚那條路通往側門，一時之間卻不知道他要前往何方。

那句話，理應是對不在場的某人所說。

但不可思議的是，我又覺得不是在對那個人說的。

4 無論何時何處何種場合，戶部翔都是戶部翔。

那則謠言傳開後，過了幾天。

新學期的新鮮感也消散不少，逐漸恢復以往的校園生活。

在那之中，以葉山隼人為中心的八卦仍在流傳，到處都有人私下談論。

沒有比這更棘手的情況了。

讓情況變得更加棘手的，就是馬拉松大賽。大賽本身自不用說，每堂體育課都改成練習長跑也有夠麻煩累得要命。

但我總不能直接蹺課，只好一步步走向寒風呼嘯的操場。

操場聚集著三個班級的學生。長跑課不會跟其他運動項目一樣，按照性別分

組。男女生要跑的路線雖然有差，終究只是跑步而已。

頭上是廣闊無垠的藍天……開闊天空！（註14）天空本身看著挺舒服的，陽光普照又美麗，簡稱光美。

然而，操場上的學生的竊竊私語聲，聽了感覺實在不會好到哪去。

「那個八卦不曉得有幾成是真的——」

「對呀，好好奇喔。他們果然在交往吧——妳覺得呢？」

「可是E班的女生問過了，他說沒有耶。」

「他是刻意不講實話，以免對失戀的人又補上一刀吧。真溫柔——！」

「哪裡溫柔！笑死。」

雖說她們並未指名道姓，應該是在聊葉山的八卦吧。

毫無根據的八卦憑空而生。令人困擾的是，聽起來煞有其事。所以才會有人產生興趣，拿它來當茶餘飯後的話題。

十七歲的女生是超愛閒聊的閒聊哈密瓜（註15），對象又是自己身邊的校內名人，自然特別容易被拿來聊。

註14　動畫《光之美少女》系列的第二十部。

註15　哏出自日本女性聲優井上喜久子的廣播節目「井上喜久子　魅惑的閒聊哈密瓜」。

連名字都不知道的女學生仍在交頭接耳。

「真想不到——雪之下同學看起來那麼冷高，其實挺外貌協會的嘛。」

「啊——可以理解。沒什麼接觸還在一起，會覺得完全是看上人家的長相？」

「咦，照妳這個理論，葉山同學不也是外貌協會？」

「就是吧——？」

她們的輕笑聲細若蚊鳴。

正因如此，反而顯得極度刺耳。

真的好煩。令人不快的雜音，有如躺在床上培養睡意時聽見的蚊子振翅聲，或是深夜的秒針移動聲。光是站在旁邊聽就忍不住咂嘴。

連幾乎與這件事無關的我都不耐煩了，更遑論被拿來八卦的當事人。

根本不認識的人肆無忌憚地說出自己的臆測、推測、願望、嫉妒，話題因為現場的氣氛而偏往奇怪的方向。

大多數的人八成都沒有惡意，純粹是因為這樣比較有趣。認真否認或拒絕，那些人也只會說「只是聊好玩的啦，幹麼那麼嚴肅」。

親眼見到這個情況——不對。認識他們後，我才知道。

雪之下雪乃和葉山隼人，一直生活在這種環境下。外貌及能力出眾，導致他們引來一身期待及注目，相對的，失望及嫉妒也通通集中在他們身上。

在青春期的監視社會中，學校儼然是座監獄。受歡迎的人經常受到矚目，一堆路人甲會出於善意或好奇心，擅自開始監視他們。有時會譴責他們。等於一天到晚都在史丹佛監獄實驗。沒有任何人叫他們這麼做，他們她們卻會因為使命感的關係，逐漸帶有攻擊性。

由比濱結衣也一直生活在這樣的社會中。

無名看守依然在我附近聊著無聊的話題。

不過，交談聲戛然而止。

我轉頭確認情況，三浦優美子在人潮中開出一條路，大步走來。跟剛剛在聊八卦的兩位女學生擦身而過時，瞥了她們一眼。

被外表華麗又美麗的三浦從正面盯著看都會怕了，斜眼瞪人又凸顯出她的眼神之凶惡，顯得更有魄力。不如說好恐怖，比平常恐怖三倍。明明不是在瞪我，我卻嚇得反射性移開目光。

那兩個女生急忙逃往我看的方向。

「怎麼辦？她是不是聽見了？」

「不知道……可是，不曉得三浦同學怎麼想。她跟由比濱同學是朋友嘛？」

「咦——不要在教室上演修羅場好不好——」

「笑死，妳嘴上這麼說，卻笑得超開心的。」

我當作沒聽見她們走掉時的談話內容，加快腳步，前往集合地點。

可惜在這個糞土不如的現實社會，開闊的藍天下不會出現英勇的少女……我如此心想，望向前方。

葉山隼人就在前面。

他跟戸部聊得有說有笑，並未察覺到我的視線。

也有可能是察覺到了，卻刻意佯裝不知。跟他面對其他許多事的時候一樣。

我站在原地發呆時，體育老師厚木也點完名了。

「好，那你們自己找喜歡的人一組做暖身操。」

厚木強硬地發號施令，進入兩人一組的暖身操時間。

好了，去找戸塚做暖身操吧——我雀躍地環視周遭，聽見有人在呼喚我。

「八幡——！」

我立刻下意識轉過頭。

然後跟那人四目相交。

材木座轟隆轟隆地踩在地上，笑著跟我揮手。這傢伙是在開心什麼……

「八幡，來做暖身操吧——！」

「喔……你幹麼用那種在揪人打棒球的語氣說話……今天我要找其他人啦……」

本想拒絕，材木座卻沒在聽我說話。不僅如此，還自己講得很開心。

「噢，雖說老師教我們找喜歡的人一組，我可不是因為這樣才來找你。可別誤會喔？」

「不要紅著臉別過頭噁心死了……」

我將視線從材木座身上移開，左顧右盼，啊啊！戶塚已經跟其他人一組了！本想拿做暖身操當藉口，幫戶塚放鬆關節的說……

「沒辦法……」

我放棄掙扎，跟材木座一組，開始做暖身操，伸展身體，或者放鬆肌肉。做完後讓材木座坐到地上，幫他壓背。

我壓得很用力，材木座卻一直彎不下腰，或許是肚子的肥肉在礙事。拜其所賜，我跟材木座的臉靠得很近，煩躁的喘氣聲從身邊傳來。

「八幡，冬番要開播了！這一季你最推的是哪部？」

「……秋番我都還沒補完。我想先看完再說。」

最近有一堆事要忙，再加上小町正在準備大考，為了避免干擾她，我不方便在客廳看動畫耍廢，所以積了一堆沒看，導致我可愛的小硬碟塞得滿滿的。

然而，材木座似乎一直有在追進度，不知為何得意洋洋。

「噗噗——！八幡，你落後了啦——！現在還在聊秋番啊？那麼久以前的事，麻呂（註16）早忘了。八幡閣下是哪個時代的人？你是原始人嗎？」

嘖，煩死了……我一個不耐煩，使勁往材木座的背上壓。

「好痛痛痛痛痛！」

「閉嘴，我又不介意。動畫和遊戲都能自己一個人享受，與其他人無關。對了，你不是說之前開始玩吉他了？」

「呵，時代是會變的……豈能一直被過去束縛……現在是轉天（註17）的時代……我們的Diomedea啊……贏定了呼哈哈！」

你講得那麼帥，不就只是個跟風仔……

不過，材木座說的也有道理。人類的興趣轉移得很快。本命角色每季都會換，不知節制地消費著流行趨勢。只要履行完做為交流工具的職責，馬上就會被人遺忘。

「就是這樣吧……」

註16　日本古代的公家常用的自稱。

註17《轉生公主與天才千金的魔法革命》，動畫為Diomedea製作。

謠言只能傳四十九天……若將被人遺忘與死亡視為同義，確實是句名言。

我和材木座迅速做完剩下的柔軟操，站起來前往長跑的起點。其他男生已經在那邊集合，我們排在挺後面的位置。

我在那群人之中找到戶塚的身影。

戶塚對手心吹氣，正在伸展身體。我拋下材木座，閃過人潮，潛行至戶塚身邊。

「你真有幹勁。」

我向他搭話，戶塚猛然回頭，一看到是我便展露微笑。

「啊，八幡！嗯，我好歹是社長嘛。名次可不能太後面！」

戶塚雙手在胸前握拳，擺出打起精神的姿勢。

「原來如此，運動社團真辛苦。」

「對呀，可是沒有葉山同學那麼累。」

戶塚望向在遠處甩動四肢，悠閒地等待開跑的葉山。

「哦，葉山啊……」

葉山跟我們在聊的話題有什麼關係？我雖然覺得奇怪，還是應了聲。或許是我表現出一頭霧水的感覺了，戶塚面露疑惑。

「你不知道嗎？葉山同學去年是冠軍喔。」

「啥？真的假的……」

那傢伙有病吧……好恐怖——

本校的馬拉松大賽只有按性別分組，意即去年第一的葉山甚至贏過了高年級生。今年大家也會期待他奪得優勝吧。順帶一提，我沒有名次，僅僅是平凡無奇的一般參賽者。

「他很厲害的。從頭到尾都是第一名。我追都追不上……」

戶塚露出尷尬的笑容，害羞地搔著臉頰。無須羞愧。在我心中，戶塚從頭到尾都是第一名。

我正想給予噁心的激勵，戶塚卻挺正向的，用不著我這麼做。

「但我的體力比去年好……今年我想跟上前段班。」

戶塚用力伸展後腳筋，為伸展運動收尾。語氣謙虛，兩眼卻筆直凝視前方。

他神情嚴肅，儼然是一名戰士。不單可愛的表情害我既驚訝又感動，不小心看呆了。

我默默盯著他，戶塚突然回過頭。

「都是託八幡的福。」

「……咦？啊，我做了什麼嗎？」

我慢了一拍才反應過來，戶塚輕笑出聲。

「因為你們之前有給我建議。」

「喔、喔……呃，這兩件事關聯不大吧。」

戶塚確實來侍奉社求助過，當時我們並未提供什麼大不了的協助，很難說有幫到戶塚的忙。現在的戶塚，是他自己努力的結果。

戶塚聽了默默閉上眼睛，緩緩搖頭。然後前進半步，站到我正前方。

「才沒有……因為，那個時候你們不是對我說了嗎？」

戶塚直盯著我的眼睛。

當時我說了什麼嗎……我試圖回憶，戶塚笑著說出那句話。

「叫我練習到快死掉的程度。」

「喔、喔……咦，我講過那種話嗎？」

真假？完全沒印象……我是不是吃了安眠藥……看我滿腦子問號，戶塚語帶調侃地宣布正確答案。

「嗯，雪之下同學說的。」

「啊……」

的確講過……她自己明明體力超差的……過了那麼久，我仍為雪之下幹過的好事驚恐不已。

「所以我練習跑步練了很久。」

戶塚卻兩眼發光，反而在感謝她。討厭，戶塚個性太正經了，散發出一種危險的氛圍……

「不可以把那種職權騷擾發言聽進去喔。出社會會被公司操死的。雖然這話不該由我說出口……」

「可是，是因為你陪我商量，雪之下同學才會願意幫忙……所以，果然是託八幡的福。」

「這樣啊……這樣嗎？……好吧，就當成這樣吧。」

「嗯！就當成這樣吧！」

聊著聊著，包含厚木在內的體育老師們也準備就緒，紛紛走過來。還有老師騎著腳踏車，方便把學生盯得緊緊的。

看來不能摸魚了……在我心想之時，戶塚驚呼一聲，似乎想到了什麼。

「啊，網球社要拿個好名次喔！」

戶塚把雙手放在嘴邊吶喊，聽見這句話的人身體一顫，回頭看過來。應該是網球社的社員。

喔喔，是嚴格的社長……我才剛覺得社員想必很怕戶塚，網球社的人就笑咪咪地跟他揮手。是受到寵愛的社長……

然而，看到他們的反應，戶塚鼓起臉頰，氣呼呼地雙手扠腰。

「大家有沒有聽進去啊。」

我茫然看著這段互動。該怎麼說，不常看見戶塚這種活潑積極的模樣。

「……不符合我的形象嗎？」

戶塚看起來有點羞澀，觀察我的反應。

「不會啊……」

我結巴的原因不只驚訝，純粹是看得出神。大概比我目前看過的任何動作，都還要觸動我的心弦。

「只是覺得很有社長風範。」

戶塚笑了出來。他用手整理好被風吹亂的頭髮，挺起胸膛。

「我這個社長當得很認真吧？……可能有點靠不住就是了。」

他靦腆一笑，補上後面那句話，我輕輕搖頭。

「哪會，你看起來超可靠的。」

「是嗎？……那希望你遇到困難時，也能來依靠我！」

戶塚開玩笑似地拍拍胸膛。

「嗯，等我需要幫助的時候……就麻煩你了。」

戶塚驚訝地眨眨眼睛。呃，我自己也有點嚇到。我還真是順口說出了非常坦率的答覆。但我不打算收回前言，也不打算補充說明。

戶塚錯愕地看了我一陣子，最後用力點頭。

× × ×

「八幡——！一起跑吧♪」

我甩掉從後面追上來的材木座，輕快地奔跑著。

騙人的。材木座放著不管就會脫隊，用不著特別甩掉，而且我步調很慢，低調地奔跑著。

我孤獨地跑在路上，跑完了老師規定的距離的一半。Heke！不對，那是哈姆太郎的叫聲……

體育課的長跑距離是四公里。要在學校外圍繞圈跑。嗚噁噁……繞那麼多圈會跟老虎一樣融化成奶油啦……

我邊跑邊想著超無聊的瑣事，不久後追上了跑到中間的團體。看來我的體力至少有平均水準，或許是每天騎腳踏車上學練出來的。

雖說跑到了中間，除了帶頭的那群人和想趕快跑完，好好休息的人，其他人都沒什麼幹勁，所以整體上來說，這些人應該也包含在後段班裡面。

這時，我發現了戶部他們。

運動社團的人正常跑步的話，怎麼可能跑那麼慢。用不著特地確認也知道，他們同樣沒有拿出全力。

那幾個人在邊跑邊聊天，不時拍對方的肩膀，輕戳對方的頭，莫名其妙比起衝刺速度，和樂融融地嬉鬧著。假如我是綁麻花辮的班長角色，肯定會叮嚀他們「喂，那幾個男生，給我認真跑喔」然後被回罵「閉嘴醜女！」難過得哭出來，在集合的時候把他們抓出來鞭。感謝我吧，幸好我不是綁麻花辮的美少女班長。

不過，在鬧著玩的只有熟悉的戶部、大和、大岡三傻，沒看見葉山。

時機正好。關於那則謠言，我有件事得跟戶部確認。

我跟在一直耍白痴的三傻森巴嘉年華（註18）後面跑。可是，跑步的時候根本找不到機會跟人攀談。騙你的！八幡剛才對自己說謊了！就算沒在跑步，我也找不到

註18「三傻（Sanbaka）」與「森巴嘉年華（Sanbakaanibaru）」開頭同音。

機會跟人攀談！

路上又沒有紅綠燈，真的好難掌握時機……我跟炸彈岩（註19）一樣一直觀察情況，戶部忽然停下腳步。

「你們先走唄——」

他對大岡他們大叫，蹲下來，看似是要綁鞋帶。

哎唷☆真幸運！在這個時機跟戶部搭話吧！

「喂。」

「唔喔！」

我從背後呼喚他，戶部在地上滾了圈回過頭，彷彿要減輕衝擊。

「吼，原來是比企鵝。你在的話跟我說一聲好咩。嚇死我了。」

呃，你驚嚇的反應未免太靈活……無視戶部的碎碎念，做我該做的事吧。

我抬起下巴指向前方，叫戶部繼續跑，驅使雙腿前進。呆站在這邊很奇怪，老師說不定也會來巡視。戶部見狀，乖乖並肩跑在我旁邊。

過沒多久，戶部歪過頭，八成是在疑惑為什麼他在跟我一起跑步。我也想趕快

註19《勇者鬥惡龍》中的怪物。什麼都不會做，不過血量減少到一定程度，就會使用高威力的自爆魔法。

進入正題。

沒想到戶部比我更早開口。他放心地鬆了口氣，對我露出傻裡傻氣的笑容。

「是說聽見那個傳聞時，我真的嚇到冒了一身冷汗——那可是不能說的祕密耶——」

「啥？」

講這什麼東西？我瞇眼看過去，戶部擦掉額頭的汗水。

「因為，隼人不是說過第一個字母是Y嗎？幾乎沒人知道這件事吧。」

「…………」

他突然扯到這個話題，害我反應慢了半拍。可是，諸多要素逐漸連接起來，構成明確的畫面。

事情發生在某個夏日的夜晚。

黑暗中，葉山受不了一直吵著要他回答的人，硬擠出姓名的第一個字母。

在千葉村跟葉山一行人共度的那一晚浮現腦海。當時葉山確實說過，他喜歡的人的姓名開頭是Y。

這短暫的幾秒鐘，我僅僅是憑藉本能在向前跑，戶部探頭觀察我的臉色。

「這個時期不方便聊到這件事吧？」

「喔、喔……」

你現在不就在聊那件事。這傢伙是那個嗎？國王專屬的理髮師？我可不是能讓你傾訴祕密的洞穴……

我反射性正確理解戶部想表達的意思。

「就算知道不可能，聽見那種傳聞還是會嚇到吼？」

「……嗯，不可能。」

我嘴上在附和戶部，心裡卻在擔憂我們在講完全不同的事。

他一下就直指核心，導致我有點驚訝，可是換個角度看，也可以說這樣正好。

「那個傳聞傳開後，葉山他……有什麼反應？」

「就……沒什麼差吧。」

戶部「喔……」、「嗯……」發出錯愕的聲音，一臉疑惑。他在緩慢跑步的期間不停歪頭，一下往左晃，一下往右晃，實在很危險。最後，他好像想到了什麼，拳頭往掌心一拍。

「硬要說的話，是那個吧？比起隼人自己，他身邊的人改變得比較多？」

「什麼？」

以戶部的腦袋來說，這個回答真的非常正經，害我不小心回問。戶部就該更戶部一點，竟然講出中肯的意見，你是在跩什麼跩啦！戶部應該要更有自己是個戶部的自覺。講話的時候記得加入「嘿」、「哇咧」、「唄」這些詞，然後要吵死人，否則我會聽不懂那是戶部語，很傷腦筋。

可惜我的祈禱沒能傳達給上天，戶部繼續講出正經話。不僅如此，還因為我回問的關係，說明得更加仔細。戶部基本上煩得要命，但在這種時候人還滿好的……

「哎唷，隼人雖然跟平常一樣，大家還是會有點顧忌。之前不是有人跟他告白嗎？一旦發生這種事，大家就會基於好奇心拿來聊。優美子也有點不爽。」

戶部深深嘆息，看來他也挺擔心的。對我而言事不關己，對當事人而言可是事關重大。他想必很想找個人吐苦水。跟葉山的交友圈沒有直接關聯，卻稍微算得上相關人士的我，正好適合擔任傾聽者。

戶部好像累積了不少疲勞，跟壓力過大快要禿毛的鸚鵡一樣，煩躁地抓著後頸，再度深深嘆息。

「還有結衣。」

「畢竟由比濱挺會看氣氛的。」

「不不不我指的不是那個。」

那是哪個啦。我望向旁邊的戶部，他在瘋狂擺手。

「她很受歡迎喔，所以喜歡她的人也靜不下來。」

「……這樣啊。」

呼吸停止了短短一瞬間。

不過，沒什麼好驚訝的。由比濱很受男生歡迎，這點小事我早已明白。事實上，準備運動會的時候我也看過不認識的男學生來搭訕她，想跟她拉近距離。

因此，我停止呼吸的原因在於其他，而非由比濱很受歡迎這件事。

此刻的心情，恐怕跟聽見那個無聊的八卦時一樣。有種綠色眼睛的怪物在體內蠕動的不適感。

肚子裡有好幾隻怪物在橫行霸道，感覺糟透了。除此之外，那些怪物每隻都極度醜陋、難纏。

這種時候就是要跑步。分泌大量的腦內啡帶著阿嘿顏雙手比V字手勢衝過終點線，應該會舒暢一些。

我稍微加快慢吞吞的步調。戶部也跟著提升速度。

「我說——比企鵝。」

他追上來跟我搭話。

怎樣？你也因為跑步的關係分泌腦內啡了嗎？少隨便跟我說話，會害我以為我們是朋友。

「那你咧？」

「啥？我聽不懂你在問什麼。」

我冷冷回答突如其來的疑問，戶部露出似笑非笑、異常溫柔的微笑，拍拍我的肩膀……吼，煩死了。

「唉唷，不用跟我裝傻。我懂的。安啦。我不會跟別人說，你放心。」

「什麼東西啦……」

我一臉不耐，戶部卻完全沒在聽，只是把自己想說的話說出口。而且他好像會害羞，講話拐彎抹角，扭扭捏捏的，煩得要命。

「我只是想參考一下你的意見。怎麼做才會發展成那種關係？沒啦，我也知道我跟你狀況不同。可是你跟結衣同一個社團嘛？總會有很多……咦？等等。你跟雪之下不也是同一個社團？……咦？結衣？啊，呃，雪之下？嗯……」

看來推理獵人戶部同學在這邊遇到瓶頸了，頭上冒出問號。

好，獵人機會！（註20）

「對啊，我們同一個社團，就只是這樣。」

註20　益智節目《一百萬日圓答題獵人》中，主持人柳生博會在最後大喊「獵人機會」。

趁他還沒亂講話，我沿用戶部剛才說的話，搶先回答。戶部一臉錯愕。

「咦，就只是這樣？真假？呃，但你們早上不是在一起嗎……」

「你不也跟一色同社團？早上見面不代表有什麼關係吧。」

戶部聽了兩手一拍，豎起雙手的食指用力指向我……吼，煩死了。

「沒錯！真的——有道理——比企鵝，你其實是教色人，揑狗吸耶斯特吧？」

是交涉人，Negotiator……這人怎麼日文和英文都講不好……

「啊，不過也有像伊呂波那樣，同社團又瘋狂貼上去的人。」

「喔……」

我忍不住想到聖誕節發生的那件事。

一色伊呂波試圖拉近距離，或許也對葉山隼人現在的處事方式造成了某種影響。

在我思考之時，前一秒還超級激動，話講個不停的戶部，突然安靜下來。

「啊——抱歉。當我沒說過。這種事不該拿來聊。」

「……真想不到。」

戶部板起臉，好像陷入了自我厭惡中，將視線從我身上移開。他的道歉不是對我說的，而是對不在場的某人說的吧。這麼老實的態度，很難跟平常吵得要命的戶部連結在一起。

戶部聞言，大概是在反省自己剛才亂拿別人開玩笑，害臊地搔著後頸。

「畢竟伊呂波是認真的……隼人也是認真考慮過，才給她答覆的吧？」

「認真考慮過嗎？」

葉山應該真的有在認真思考。包含許多事在內，不只他自己的問題，不只一色的問題。從畢業旅行的時候開始——不對，從更久以前開始，至今仍未改變。他藉此維持各種關係，同時又被各種關係束縛住。

現在在我旁邊得意地談論朋友的這男人，應該也包含在他維持住的關係中。

「這還用說！因為他可是隼人耶？才不會隨便亂說話，害人家留下不好的回憶。」

「……你真信任他。」

這句話脫口而出，戶部睜大眼睛。

「吼，講這什麼話，也不是啦？就，唉唷，隼人很可靠嘛？」

或許是信任一詞令他感到難為情，戶部因為冷空氣及害羞的關係臉頰泛紅，試圖換句話說。喂，別這樣！講出那個詞的我不是會最難為情嗎！

為了驅散害羞的心情，戶部拍拍胸膛接著說：

「我真的受到隼人超多幫助。這一點我真的超有自信。」

「沒什麼好得意的吧……」

戶部並不自卑，咕噥著在後頸抓來抓去。

「哇咧，真的欠他一堆人情。」

「之後記得還。」

「沒錯！你說得對……雖然好像沒那個必要。」

起初他的語氣跟平常一樣輕浮，講到後面卻沒了氣勢。以戶部來說，他現在的表情真是嚴肅，勾起我的好奇心，我便用視線催促他說下去。戶部輕輕搔了下臉頰。

「我很常有事找他商量……但隼人從來沒有跟我訴苦過，所以就算他需要幫助，我八成也不會知道。」

戶部揚起嘴角。宛如一直吹在身上的冷風。不帶水氣，卻帶有一絲寂寥。

一直不講話太尷尬了，於是我思考著該說些什麼，靈機一動。

「……說不定他是沒有煩惱，才沒找你訴苦。」

「也對！隼人那麼帥！」

「呃，跟長相無關吧……而且在得士尼的時候，你不是幫了他一把嗎？他也很感謝你吧。我猜的啦。」

「也對！隼人那麼帥！」

這次倒是跟長相有關……

跟我聊過後，戶部的心情似乎輕鬆了一點，跑步速度略微提升。每當寒風吹過，他就自己在那邊興奮地喊著「冷爆了冷爆了」。

不久後，我們在前方看見大岡及大和的身影。他們擔心一直沒追上來的戶部，刻意放慢速度。

「我要去找他們，先走啦。」

「喔。」

我簡短回答，戶部抬起一隻手跟我道別，飛奔而出。他大聲呼喚大岡和大和，揮手跑過去。那兩個人說著「糟糕，他來了」、「快逃啊」，一溜煙地跑掉了。

追著他們的戶部看起來很高興，真是太好囉……

×　×　×

跟戶部道別後，我仍在默默奔跑。

男生的長跑路線是在學校外圍繞一大圈，女生則是跑內圈。兩條路線會剛好在設置正門和側門的區域重疊。

女生要跑的距離只有男生的一半，所以男生跑到那一區時，女生通常已經經過那裡。

每個人跑步的速度當然有差，幹勁也因人而異，因此有些跑得比蝸牛還慢的女生會被男生追過。

例如此時此刻，在我眼前無力地擺動手臂，做做樣子的三人組……

「我說，我們跑超慢的耶。這樣沒問題嗎？」

「有問題吧，是說妳們不覺得馬拉松超麻煩的嗎？」

「我懂。」

「真的，我體力很差耶——」

這些人只顧著聊天，完全沒在注意周圍。一直吱吱喳喳吵得要死。這個聒噪女三人組是怎樣？妳們在搭配吉他跟三味線講相聲嗎？

感情好是美事一樁，嗯，不過可以不用三個人你儂我儂地排在一起吧。這樣我過不去耶。擅自靠過去的話她們感覺會嫌我噁心，所以我始終小心翼翼地保持適當的距離。喔呵呵呵……

我說真的，不要擋在路上好不好。我很困擾。尤其是中間那個人。紅色短髮的那傢伙，對啦，就是妳……

我瞪向那傢伙的後腦杓，總覺得看過那個人。

是誰啊……不是川什麼的同學。記得是滿容易被人記錯的姓氏……相井？不對，是相木……也不對……相模？

喔，對了，是相模。

跟我同班，之前當過校慶的執行委員長和運動會的主任委員，頭銜響叮噹的相模南，綽號小模。

另外兩個我就有點沒印象。體育課是好幾個班級一起上，推測是其他班的學生。乍看之下，這兩位路人甲和路人乙跟相模感情挺好的。

不像三浦或川崎那樣擁有吸睛的外貌，也不怎麼可愛，在班上差不多第八或第九可愛的感覺……好，第八可愛的女生，從今天開始妳就叫路人甲！另一個就叫路人乙吧。

路人甲已經毫無幹勁，只是在大幅度地擺動雙手走路，身體歪向相模和路人乙。

「妳們有聽說嗎？根本是修羅場。」

「啊——三浦同學和由比濱同學對吧——」

相模不愧是我們班的人，光聽見修羅場一詞就知道是在指那則傳聞。

「對對對。不曉得實際情況是怎麼樣耶——？」

路人甲好像正想聊這個，興致勃勃地試圖擴展話題。接著，路人乙一副熟知內情的態度，開始發表高見。

「我覺得——看起來愈乖的女生感覺愈腹黑。她是會發賀年訊息給所有人的類型吧？」

「好像！由比濱同學好像那種人！」

路人甲跺著地面爆笑。這傢伙左一句好像右一句好像是怎樣？妳好像要讓我看見所羅門的惡夢喔？（註21）

路人乙被路人甲激烈的反應逗樂，吐出一大口白色的氣，摸了下側馬尾，露出故作成熟的嘲諷笑容。

「她人是不錯啦，但總覺得……有點那個對吧。」

「我懂，對不對？小模。」

「啊——對啊！」

路人甲頻頻點頭，徵求相模的附和，相模有如拿著銅鈸的猴子玩具，瘋狂拍手，捧腹大笑。

妳這混帳。管妳是相模還是岡本，運動會的時候妳受過由比濱的幫助，還有臉講這種鬼話，臉皮到底有多厚啊……

註21《艦隊收藏Collection》中的角色夕立的口頭禪。

我下意識雙手握拳。

啊啊，原來如此。

我終於親身體會到了。

沒有人不會在人際關係上遇到問題。

由比濱亦然。

純粹是因為她懂事又溫柔，才會讓人覺得她看起來八面玲瓏。肯定有某處存在著裂縫。是她憑藉貼心、溫柔，時而以勇氣修補、掩蓋的。

不過，無聊的傳聞、有意為之的八卦、蘊含惡意的假消息，會毫不留情刺穿那個裂縫。

在此之前，愈是將它修補得漂漂亮亮，醜陋的爪痕就愈是明顯。

路人甲和路人乙應該都沒有明確的惡意或敵意。假如由比濱會聽見，她們理應不會聊這種話題。

但現在是朋友私下的歡樂聊天時間，這個話題僅僅是用來炒熱氣氛，跟昨天看的電視節目和流行的甜點資訊一樣。

證據就是，路人甲的語氣實在很輕浮。

「三浦同學的小團體真難待——一下搶男人，一下男人被搶；一下甩人，一下被甩。她們絕對會起爭執吧。」

路人甲的態度隨便得像在預測連續劇或小說之後的劇情。路人乙也笑著點頭。

出乎意料的是，有個人例外。

那個人並未附和。

「啊、啊──嗯……」

相模沒有正面回應，表情有點五味雜陳。

「可是，我覺得結衣不是那種人耶──」

「咦──？」

路人甲發出期待落空的驚呼聲。路人乙似乎也被潑了桶冷水，嘆著氣用視線詢問相模這麼說的理由。相模立刻回答。

「啊，因為，遇到那種事她感覺就會退讓，或者為對方著想，是個知道要怎麼在女生的小圈圈裡生存的人。」

「……啊──」

路人甲和路人乙聽了，發出有點蠢的聲音。好怪的鳴叫聲……

「是啦，說得也對，三浦同學那麼恐怖──」

「真的，如果確定會跟葉山同學交往，拚一把也無所謂，不過現在只是有這個傳聞，風險及回報不成比例。」

路人甲看起來笨笨的，路人乙同學倒有點可怕……

但相模說的女生的小圈圈一詞，好像讓她們深有感觸。結果，拿由比濱當話題的歡樂聊天時間就這樣落下帷幕。

喂喂喂，相模，妳挺厲害的嘛。雖然從人類的角度來看妳完全沒有成長，黑暗的女子力倒確實有提升。

更驚悚的是，黑暗的女子力連讓她下臺的臺階都準備好了。

「是說葉山同學跟女生一起出門，更令人意外吧？」

她準確地看穿切換話題的時機，拋出新的話題。路人甲和路人乙也穩穩接住它。

「啊——對耶。」

「確實。」

兩人同時點頭。路人甲嘖了一聲嘀咕道：

「果然是臉的問題嗎……」

「……不對，是胸部的問題吧。」

不知為何，路人乙露出空洞的微笑。

「糟糕，我們兩個都沒有。」

相模的自虐發言逗得路人甲和路人乙哈哈大笑，三位活潑的聒噪女孩（註22）彎過轉角，留下一句「那麼各位下次再見」消失不見。

託她們的福，我眼前的障礙物也清空了，又能加快速度。

我任憑寒風颳過臉頰，想起相模她們剛才的對話。

會聊到那些肯定不只相模她們。程度可能有差，不過對葉山那群人有興趣的傢伙，一有機會就會開啟類似的話題吧。跟葉山和他的朋友大岡與大和，會隨意開啟一個話題來聊天一樣。

受歡迎的人、被愛的人、被欺負的人，經常在本人不在場的時候也會被拿來當話題。

只不過，傳聞及八卦會讓這個情況更嚴重。

我指的不是相模她們，打個比方，就算她們對由比濱不抱反感，視話題發展及當下的氣氛而定，也可能不小心說她的壞話。

目前還只是其中一個聊天話題而已。

可是，玩笑開得太過分就不好笑了。總有一天會變成同儕壓力，靠團體意志決定風向。聽起來真的很好笑，但排擠、霸凌等事件，意外地會因為一句小小的玩

註22　由三人組成的日本女性團體「聒噪女孩」的主題曲歌詞。

笑，釀成無法挽回的結果。葉山之前說過這件事只能放著不管，我卻想盡快做個了斷。

大樓擋住陽光，導致路上的風很冷，終點離我還遙不可及。

在這麼冷的天氣跑了這麼長的距離，我的手整個凍僵了。我用力握拳，將熱度傳到掌心。

5 這麼說來，確實有這麼一個菁英意識過剩的男人。

假日的車站前面人滿為患。我沒事先調查過，八成是幕張展覽館或海洋球場有辦什麼活動。

為了避開那些人潮，我故意不走大馬路，前往高樓大廈街。

目的地是一家咖啡廳。折本佳織打工的地方，目前訂為馬拉松大賽慶功宴會場的店。今天是來場勘的。

離集合時間還有很久，不過早到應該不會怎樣。先進店裡悠閒地喝杯咖啡吧。

本來是這樣打算的，走進店內，卻看見一位意想不到的客人。

平靜的午後時光，逐漸西斜的陽光灑落窗邊的座位，雪之下正靜靜坐在那裡看書。

仔細一想，發掘這間店的人就是雪之下，她又住在這附近。雪之下好像滿喜歡這家店的，提早過來休息並不奇怪。

這間店的氣氛確實很適合她。

從茶杯冒出的蒸氣和透過玻璃窗照進的陽光相映成趣，坐在窗邊的雪之下儼然是一幅畫。僅僅是坐著看書而已，卻美麗如畫。這就是名為雪之下雪乃的少女。

要大步踏進那個虛幻又完美的世界，令我心生猶豫。

而且，搞不好有人在看。考慮到那個謠言現在傳得沸沸揚揚，沒必要提供他們炒作話題的材料。

難得的假日。難得的私人時光。在全員到齊前各自消磨時間也不錯。我也一個人安靜地休息吧。

我下定決心，坐到偏裡面的位子，翻開菜單，心不在焉地掃過一眼，陌生的文字躍於紙上。

曼特寧、瓜地馬拉、巴西、科納、藍山……這位青山藍山（註23）小姐的聲音我

註23《請問您今天要來點兔子嗎？》中的角色，跟雪之下雪乃一樣由早見沙織配音。

好像聽過喔……其他就有點沒印象了。科納咖啡是那個嗎？即溶咖啡？（註24）曼特寧聽起來像漱口水……不對，那是夢納明，不是用來喝的……

我一頭霧水，這種時候點混合咖啡就對了。不管是在星巴克、路易莎還是塔利咖啡、椿屋咖啡這些連鎖咖啡店，點混合咖啡通常都不會踩雷。

於是，我按下服務鈴。叮咚叮咚的輕柔電子聲響起，緊接著傳來大剌剌的腳步聲。

「讓您久等了——啊，是比企谷啊。你們今天要來場勘對吧？會不會太早來了？」

折本佳織晃著一頭捲髮出現。她把水放到桌上，滔滔不絕地向我提問。

「對、對啊……抱歉，這麼突然。今天麻煩妳了……」

「嗯，包在我身上——」

「那我可以點餐嗎？我要一杯混合咖啡。」

「好的——你們為什麼不坐同一桌？」

她用點餐機幫我點餐，瞄了坐在窗邊的雪之下一眼。

「我想說集合時間還沒到，自由行動就好……」

註24「科納」音同「粉末」。

折本聽了大聲噴笑。

「什麼鬼。笑死。懂沒懂。」

「哪裡好笑……『懂沒懂』又是什麼鬼?誰知道妳懂了還是沒懂……懂沒懂。」

只能從上下文判斷語意,真是相當高情境的一句話……懂沒懂,鬼才聽得懂。

雖然不重要,這個用法絕對不會紅。我是這麼認為的,但在折本心中,這句話似乎是最紅的流行語,她笑得好開心……

「這個用法可以!你馬上就會用耶,笑死。」

「到底哪裡好笑……這樣用是對的喔……我不懂……」

折本笑了一會兒才收起笑容,合上點餐機的蓋子,將它收進半身圍裙的口袋。

「我不管你怎麼想,人家是有訂位的,所以乖乖去那邊坐啦。」

她指向窗邊的座位。看來雪之下還特地訂了位。那就沒辦法了……

「等等幫你把咖啡送過去。」

看著折本進到廚房後,我抓起揉成一團的外套,走向窗邊的座位。

「辛苦了。」

我呼喚正在看文庫本的雪之下,她抬起臉來。

「午安,你來得真早。」

「因為我很閒。」

我邊說邊坐到雪之下對面。雪之下迅速拿起菜單，打開來遞給我。

「你要點什麼？」

「沒關係，我點過了。」

雪之下面露疑惑。這時，折本剛好送上我點的混合咖啡。

「久等囉——」

杯子放到桌上，微微冒煙，濃郁的咖啡香擴散開來。折本反手拿著托盤，視線移動到壁鐘上。

「我休息的時候再談嗎？」

「嗯。」

她點點頭，又回去工作了。

我吹著還很燙的咖啡，想稍微吹涼它，雪之下納悶地看著那杯咖啡。

「你什麼時候點餐的？」

「剛剛在那邊……」

我抬起下巴指向剛剛坐的位子。雪之下一副了然於心的樣子，點了下頭。

「原來你坐在別桌。我完全沒發現。真不愧是你。」

「妳在誇什麼？誇我適合當間諜嗎？」

帶著那麼燦爛的笑容捅我一刀……我看這傢伙挺適合當殺手的……在我心想之時，雪之下把手放到嘴邊，做出思考的動作。她對我剛才坐的位子投以疑惑的目光，似乎在想我為何刻意坐得那麼遠。

「畢竟沒人知道會不會被看見，還是小心為上……」

「原來如此，是顧慮到我的處境嗎？謝謝。」

「不客氣。」

我喝了口咖啡。嗯，好喝。

一旦喝過品質好的咖啡，就回不去了。

嘗過手沖咖啡後，會發現自己以前喝的東西原來是泥水，大為震驚，還會覺得泥水其實滿好喝的。好啦，準備濾紙和磨豆機挺麻煩的，廉價泥水即溶咖啡也不失為一個選擇……我全力擺出我是個喝得出差異的男人的態度，兩眼盯著文庫本的雪之下冷不防地開口。

「話說回來，我聽說那個謠言了。」

「哪個謠言？」

我瞥了她一眼，雪之下合上書，莞爾一笑。

「由比濱同學和『外校的男生』。」

「可以不要講得像哈利波特的書名一樣嗎？」

「會傳出那種謠言，代表你們的相處模式自然得會令人誤會……但我真沒想到你會被當成外校的學生，真是了不起的知名度。」

「對啊……」

我未免太適合當間諜。我露出自嘲的笑容望向窗外，感到一陣惆悵。不過我當時的行為舉止超詭異的，跟自然差了十萬八千里。

「我們兩個現在的狀況也沒什麼差吧……算了，附近看起來沒有認識的人，應該不會傳出緋聞。」

我邊說邊環顧店內，客群偏成熟穩重，跟之前的感覺一樣。沒有疑似高中生的客人。檢查過後，我收回視線，坐在正面的雪之下頻頻眨眼。

「緋聞……我？和你？」

「雪之下雪乃和『外校的男生』。」

我故意學她說話，雪之下笑出聲來，撐著臉頰好奇地注視我的眼睛。

「……其他人不知道會覺得我們是什麼關係。」

濃密的睫毛底下，由下往上看著我的雙眼泛著一層水光，嘴角掛著淺笑，語帶調侃。我聳聳肩膀。

「一男一女在咖啡廳聊天，直銷或傳教吧？」

聽見我的回答，雪之下也無奈地聳肩。

「硬要說的話，比較像詐欺師和受害者。」

「如果是戀愛推銷法，受害者肯定是我吧……」

雪之下信心十足地把手放在胸前，發表高見，但這怎麼看都不是受害者會做的動作。大部分的情況下，詐欺師都會表現得光明正大……再說，才不會有人被我這種明顯散發可疑氣息的傢伙騙到。外貌出眾的人比較適合當詐欺師。

不只戀愛推銷法或美人計，直銷也一樣，假如有個美女滔滔不絕地問「比企谷同學，你有夢想嗎？想不想變得更加耀眼動人？其實我手邊有一筆販賣美國進口雜貨的跨國生意。是能跟領版稅一樣賺取被動收入的好機會喔。知道這個資訊肯定對你有幫助，要不要聽聽看？聽完再做決定沒關係。我會仔細跟你說明。你什麼時候有空？」我也會心生動搖。最後被抓去介紹給碰巧來到附近的高級幹部和這一區的組長，週末被抓去參加勝利組的烤肉派對。

在我想像著過於具體的發展時，雪之下「唔」了一聲。

「戀愛……」

她的聲音小到快要聽不見，突然別過頭。一束黑髮輕輕垂到胸前。她用手梳理頭髮，嘆息聲中參雜困惑的情緒。

糟糕，好像說錯話了。這種反應會害我也跟著不好意思請妳不要這樣！

「別賣可疑的壺給我喔。我會不小心買下來。我爸因為這樣被我媽罵到臭頭過。」

我用超快的語速隨便開了個玩笑，雪之下輕笑出聲。我們放鬆下來，紛紛拿起杯子。

總覺得白白著急了一場……為什麼會扯這麼遠……我喝著咖啡試圖回憶，猛然想起。是因為那個謠言。

「……對了，那妳呢？那個謠言有讓妳身邊發生什麼變化嗎？」

「我嗎？本來就沒什麼人會靠近我們班……」

的確，雪之下念的國際教養班J班，教室位於最角落，全班有九成是女生，因此氛圍獨特，別班的人不太會主動靠近。從這個角度來看，她的處境或許比葉山好一點。

只不過，並非毫無影響。

「似乎有人在背地談論什麼，但這種人一直都有，我不好判斷……」

雪之下將手放在嘴邊，陷入沉思。這句話隱約可以推測出她的日常生活。於好於壞都已經習慣了嗎……

雪之下突然嘆了一小口氣，語帶懷念地說：

「……不過，沒有以前那麼嚴重。」

「以前」一詞令人在意。

我不知道的過去。或是她沒有說的過去。以前與他有關的過去。可以問嗎？我有權詢問當事人從未提及的事嗎？

在我思考的期間，雪之下好像也在想其他事。她的視線移到窗外，喃喃說道：

「別管我了，我有點擔心由比濱同學……」

「她不會有事吧。應該沒人會直接跟她講什麼，三浦和海老名也會注意這方面。」

雪之下瞪向我。

「你自以為很懂，其實什麼都不明白。」

「呃，什麼東西……」

她靜靜閉上眼睛。

「這種謠言通常不會只是八卦。身邊的人擅自炒熱話題，將導致有些人會來多管閒事，也會有人因為嫉妒或覺得好玩，攻擊他人的人格。我認識的人本來就不多，影響不大，可是……」

她的話語帶有重量，語氣有著真實性。

不只是因為雪之下說的話極具說服力，我本身也見識過每個人一開口都是冷言冷語的景象，所以可以體會。

雪之下恐怕也經歷過同樣的事。或者說，她搞不好就是因為這樣，才選擇盡量減少與他人的交流，這是一種自我保護措施。

乍看之下是個消極的解決方案，我卻覺得那聰明及冷靜的作風很美。

有過那種經驗，雪之下雪乃仍然沒有丟失對由比濱結衣的關懷。

「知道了。我會銘記在心……」

總覺得有更適合的回應，但我能說的只有這些。寶貴的建議、她崇高的人格，我都會銘記在心。

雪之下聽了，終於展露笑容。

「嗯，請你記好。我會盡量跟由比濱同學共同行動。看到兩位當事人相處融洽，其他人應該會稍微安分點……儘管這只是治標不治本。」

最後補上的那句話，有種看開的感覺。實際上，即使她這樣做，管不住嘴巴的傢伙八成也會堅稱她們是裝出來的。真是豈有此理。

「話雖如此，我和她不同班，不能無時無刻都待在一起，所以要看你的表現囉。」

「別抱太大的期望……我會把能做的事做好啦。」

雪之下放心地笑了。就叫妳不要期待了……也不知道我能做到哪個程度。

但我想要盡己所能。

因為我自己也希望那種無聊的謠言消失得一乾二淨。

× × ×

快要喝完已經不熱的咖啡時，門口傳來叮叮噹噹的鈴聲，告知有客人上門了。

我轉頭看過去，由比濱和一色正一同走來。

「嗨囉！」

「辛苦囉——」

由比濱神采奕奕地揮手，一色則鞠躬向我們問好。

「午安，妳們一起來的嗎？」

雪之下拿走放在旁邊的東西，快速在桌上整理好，不經意地詢問。

「啊——」

一色拿下圍巾脫掉外套，輕聲吐氣，笑著點頭。

「對呀。」

「對對對，我要進來時剛好遇到伊呂波。對不對——？」

同樣在脫外套的由比濱梳著丸子頭，對一色微笑，坐到我旁邊。一色點頭回應，在雪之下旁邊坐下。

離集合時間還有幾分鐘，不過大家都到了。折本很會看時機地跑過來。

「啊，好久不見——今天麻煩妳了。」

一色馬上起身對她行禮。由比濱當場愣住，急忙跟著點頭致意。折本以笑容回應，揮動拿著點餐機的手。

「好久不見～我快休息了，再等我一下喔。可以先點想吃的東西吃，我會幫你們打超大的折扣。」

「咦～可以嗎～」

女性成員邊聊邊點了自己想吃的甜點和飲料。在有說有笑、和樂融融的氣氛中，我還是點了混合咖啡……我來的時候折本怎麼沒說會幫我打折？

女性成員嬉笑著點完餐，餐點、飲料、甜點陸續送上桌。

在折本休息前，我們迎來短暫的下午茶時間。

今天是要來場勘的，代表試吃餐點也包含在內。

「哦──啊，滿好吃的。」

「對吧？沙拉也挺新鮮的。」

「用這當判斷標準沒問題嗎……」

三人一面分享感想，一面品嘗精緻的咖啡廳餐點，召開小型的美味派對（註25）。

最後送來的是巨大豪華甜美可愛的聖代。一餐的最後，就由這個聖代來點綴（註26）！

吃得好飽……我心滿意足，津津有味地喝著飯後咖啡。

唔……挺不錯的……本來以為咖啡廳的餐點量少到只夠餵鳥吃，沒想到連我都能滿足。這樣在慶功宴上，肯定能得到男生的好評。

「嗯，辦在這裡吧。剩下只要決定預算就行。」

一色也在點頭。您滿意就好……

我放下心中的大石，一色清了下喉嚨。

「……還有另一件事。」

註25《光之美少女》第十九部。

註26 惡搞自《美味派對 光之美少女》中的角色菓彩天音的變身臺詞「一餐的最後，就由我來點綴」。

她開啟話題的方式，讓我有種不祥的預感……這是做完一個案子，當你在說「哎呀——這次也好累喔——」的時候，客戶常講的話。大多數的情況下，對方說的「另一件事」都是趕到不行累到不行臭到不行的案子。我很懂。

不要啦好可怕……我懷著恐懼的心望向一色。

她感覺到我的視線，將茶杯放到桌上。整理好衣領，抹平裙襬的皺褶，還順便梳了下瀏海，挺直背脊。

「其實，有件事想跟大家商量。」

一色正經八百地開口。可是，從她剛剛整理過的衣領隱約可以窺見鎖骨，裙襬掀起來的樣子害人坐立不安，多虧她整理好瀏海的關係，由下往上看人的威力又增加了幾成，感覺一點都不正經。

我一瞬間差點分心，好不容易維持住理智，略微依依不捨地將視線從一色身上移開。我不會中計的……

「休想再叫我幫學生會做事。」

「……這樣呀。」

一色沮喪地咕噥道。之後我好像聽見細微的咂嘴聲，是我聽錯對吧？伊呂波？

默默在一旁看著的雪之下，突然清了下嗓子。

「妳應該不是真的想找我們幫忙吧？」

她面帶微笑，講話卻魄力十足。語氣溫柔平靜，我卻聽得不寒而慄。一色立刻正襟危坐。

「當、當然不是！我開玩笑的！工作我會認真做！慶功宴都請你們幫忙了，其他事我會自己想辦法！」

「那麼，妳想跟我們商量的是？」

看見一色的態度，雪之下無奈地嘆氣，詢問她的用意。一色輕輕把手放在下巴處，思考著開口。

「對葉山學長出手的人，好像多了不少。」

「出手？」

「講白了點，就是告白啦。沒告白的人則只有跟他確認真相，暗示自己對他有意思。」

一色面不改色地回答由比濱。

這句話讓我想起之前放學時看見的那一幕。我當然沒把那件事告訴雪之下和由比濱，所以她們的注意力都放在其他地方上。

「確認真相是什麼意思？」

「這樣算暗示嗎？」

兩人面露疑惑，一色清嗓調整喉嚨的狀態，挺直腰桿面向我。

她深情凝視我，吐出的氣息輕柔卻炙熱。

「學長……你現在……有對象嗎？」

聲音微微顫抖，講話斷斷續續，臉頰泛紅。白得嚇人的纖細手腕從過長的袖口探出。那隻手緊張地抓住胸前輕飄飄的蕾絲，針織衫的皺褶散發一種揪心的氛圍。如夢似幻的水光於眼中蕩漾。

我被殺了個措手不及，感覺到心跳變快了。為了讓它安靜下來，我暫時停止呼吸。

「沒有啊……」

脫口而出的聲音都走調了。

靜寂無聲。我自不用說，雪之下跟由比濱也一語不發。

在這陣沉默中，一色露出邪惡的笑容。

「看，就像這種感覺，這種感覺！」

「這、這是用詞問題！對吧？自閉男。」

……………不對，那種暗示法並不差。嗯。不如說太讚了。一色伊呂波，確實有料。

「自閉男？」

聽見她的呼喚，我看向由比濱她們，被用不屑的眼神盯著。

「……為什麼不說話？」

雪之下笑咪咪的。拜託不要，妳那個笑容超級可怕。

「總、總之，葉山的狀況我明白了。嗯，一清二楚。」

確認謠言的真偽，逮到機會就直接告白。就算沒有做到那個地步，也能成為兩人縮短距離的契機——她們八成是這樣想的。

感覺像至今以來一直以為他是不可攻略的角色，現在卻出了Append Disc新增劇情，開放那個角色的路線……還是像出了新增充滿粉紅泡泡劇情的Fan Disk？

不管怎樣，這也可以說是那個傳聞造成的影響之一。

「所以妳要找我們商量什麼？」

一色挺起胸膛。

「我想知道跟情敵拉開差距的方法！」

「喔……」

事已至此還不放棄，真有毅力。我含糊不清的回應中，參雜一半的佩服一半的傻眼一半的漠不關心。加起來變一倍半了耶。

一色似乎把我的「喔」當成是在附和她，明明沒人提問，她卻自顧自地長篇大論起來。

「因為換個角度想，現在這個狀況是個好機會。大家告白後通常不會乾脆地放棄嘛——？所以葉山學長才會覺得被人告白很煩，而我在某方面來說算是安全牌兼伏兵講錯了是福態的治癒系！」

妳轉得太硬了。

福態的治癒系是什麼鬼，再說，妳的體型又跟福態扯不上關係……一色的魅力建立在稚氣尚存的纖柔氣質上……啊，不是在講這個嗎？我對葉山和一色的關係毫無興趣，聽到一半就不小心分神了。

我看向另外兩個人，想確認她們有沒有聽進去，兩位都聽得超級專注。

「安全牌……」

「伏兵……」

由比濱和雪之下跟著複誦一遍，認真注視一色。她們太認真了，害我覺得氣溫瞬間掉了好幾度……真是不平靜（註27）！

註27《偶像活動》中的角色霧矢葵的口頭禪。

一色卻並未察覺兩人的視線。因為她看著窗外。

「所以，如果能出去玩一下，轉換心情就好了……」

夕陽照亮一色的臉龐，她的表情帶有一絲憂鬱及安詳。

語氣雖然輕浮，她也在以自己的方式關心葉山。

什麼嘛，沒想到妳考慮得那麼仔細。只要妳展現這一面，大部分的男性都會心動吧……

「這主意還不賴。」

我不由得微笑著說，一色漾起笑容。

「對吧！所以，我想問問去哪比較適合！」

「這種事妳應該懂滿多的吧。」

妳絕對問錯人了。由比濱也就算了，她應該會從朋友口中得知資訊，但我和雪之下可不是會出去玩的類型。一色聞言，悶悶不樂地鼓起臉頰。

「我想過的地方之前通通試過了！所以我才想要反其道而行。」

「喔，是喔……」

這傢伙的行動力真驚人。妳果然是ＴＯＫＩＯ的成員吧？

我深感佩服，由比濱手抵著下巴歪過頭。

「意思是，希望我們幫妳想可以不用顧慮別人，玩得輕鬆的地方……嗎？」

「簡單地說就是這樣。」

一色點頭回答，雪之下發出輕柔的嘆息聲。

「……好吧，是也無妨。」

她面帶微笑，態度比平常成熟幾分。一色似乎也覺得這樣的雪之下比較親切，笑了出來。

「謝謝學姊！……那麼，學長有什麼意見——？」

「問我幹麼……」

我毫無頭緒。本想說選在得士尼樂園就行了，可是對在那裡被甩的人提出這種建議，實在有點……

雖然我不清楚葉山的喜好，不管去哪他應該都能表現得挺樂在其中。先不論他是否真的玩得高興。

這時，由比濱探出上半身。

「自、自閉男覺得去哪比較好？那個，我想拿來參考……」

「我和葉山差那麼多，哪能當參考。」

雪之下噗哧一笑。

「說得也是，你們簡直是兩個極端。」

「對吧？」

「嗯，相當有道理。」

雪之下像在嘲笑我似地附和道，但我沒有生氣。

因為我們確實是兩個極端。我有信心自己還算優秀，卻遠遠不及葉山……而我和葉山位於極端的原因，就在於這種自以為優秀的小角色性格吧。

真的是，這種垃圾小角色性格到底是怎樣……不過很多女生喜歡收集小東西或小垃圾，說不定垃圾小角色也意外受歡迎！我真樂觀！

雪之下輕聲咳嗽，然後別過頭，快速補上一句：

「……我認為正因為你們個性極端，才能做為參考。這樣只要跟你唱反調，不就等於是正確答案？反對的反對是贊成，對吧？」

「虛假的謊言未必是真相吧……」

這論點有問題。反對的反對是贊成，妳是笨蛋伯（註28）嗎……我想要吐槽，可是雪之下和由比濱都緊盯著我，等待我回答。

我說，被人盯著看會害我想起各種回憶我很困擾請兩位住眼。

註28 漫畫《天才笨蛋伯》中的角色笨蛋伯的名言。

「……那個，我會想想看。」

我移開視線，勉強擠出一句話，接著便憑空傳來聽不清是「呼」還是「唉」，有點傻眼有點不滿的嘆息聲。

「那請你仔細思考囉。」

一色笑容滿面地說。

可是，我頭很痛耶……自己的事情都做不完，哪有空幫一色處理問題，反而是我想向她求助……算了。到時再說。

× × ×

折本在筆記本上振筆疾書。

最後畫了一個大圈，用筆尾戳臉頰。

一進入休息時間，她就馬上跑來我們的位子，記錄一色的要求，幫忙整理慶功宴的概要。

折本看著自己的筆記點頭，一副大功告成的態度，然後呆呆地笑道：

「ＯＫ，我大概明白了。包場然後盡量算便宜點對吧……嗯，應該沒問題。我不確定就是了。」

這傢伙真的好隨便……真的沒問題嗎……我懷疑地看著她，出乎意料的是，折本做事還挺俐落的。

她迅速拿出幾本菜單，打開來晃著筆說明。

「這邊是下午茶時段的菜單，這邊是晚餐時段的菜單。然後這是飲料的部分。兩個時段的餐點都能提供，有需要可以跟我說。分量及種類會因應價格做調整。飲料還有無酒精雞尾酒喔。」

「真的假的。可以看一下再決定嗎？」

一色興致勃勃地湊向菜單，由比濱和雪之下也跟著探頭。折本以微笑回應，從座位上站起來。

「那細節我去跟店長商量一下。」

折本快步走向內場，拉長語調呼喚：

「店長——」

對方是一名五十歲左右的帥大叔，推測是店長。店長身穿剪裁精緻的白襯衫及半身圍裙，小偷帽底下是毛茸茸的捲髮，留著鬍鬚，戴著黑框眼鏡，怎麼看都是個咖啡廳店長。折本單手拿著筆記跟他解釋，店長也點頭回應。

那邊就交給她了……我將視線移回桌上。

在看飲料菜單的一色，發出流露憧憬之情的感嘆聲。

「哇～有無酒精雞尾酒真不錯～既流行又有氣氛。對不對？」

她徵詢我的意見，我隨便點了下頭。

的確。無酒精飲料的市場挺活絡的。在那之中，無酒精雞尾酒有種靠這幾年的時間一口氣獲得市民權的感覺。聽說酒精飲品的市場有萎縮的趨勢，理由不只一個，例如那段時期正好經濟不景氣、疫情大家都比較自制、年輕人不再喝酒等等。以餐飲業救世主的身分受到矚目的，正是包含無酒精雞尾酒在內的無酒精飲料。雖然年輕人不喝酒，我覺得是經濟不景氣害的……可以用的錢變少，導致年輕人試圖減少不必要的消費，不再碰酒。但不只是酒，車子、房子、名牌亦然。想解決這個問題，需要實施讓年輕人努力花錢的政策。具體上來說，就是送我七兆日圓（免稅）的政策吧。

我表現出對政治經濟的高度關心，企圖在未來競選千葉市長。

另一方面，比濱同學目瞪口呆，歪著頭語帶懷疑地說：

「無酒精雞尾酒……啊，中二？中二是不是叫那個名字？」

「並不是。」

幹麼一臉「我知道！」的樣子。不要因為好不容易想起來而神清氣爽啦。差了十萬八千里。再說，那傢伙的名字叫義輝。好啦，材木座義輝簡稱一下是會變無酒精雞尾酒沒錯！（註29）

我思考著該如何跟她解釋，坐在對面的雪之下撥開垂在肩上的頭髮，得意地揚起嘴角。

「無酒精雞尾酒（Mocktail）是用模仿、仿製的英文Mock和雞尾酒的英文Cocktail創造的新詞，指的是不含酒精的雞尾酒。」

「哦……」

她得意洋洋地說明，由比濱佩服地聽著。聽見這段對話，一色有點無言，臉上寫著「結衣學姊的腦袋有點那個耶……」。不如說她真的小聲講出來了。

她們三個對無酒精雞尾酒評價都滿高的。照這情況，慶功宴確定會提供無酒精雞尾酒囉……

這時，折本啪噠啪噠地走回來。

「預算好像沒問題——」

註29「材木座義輝」的日文發音為「Zaimokuza Yoshiteru」，「無酒精雞尾酒」日文為「Mokuteru」。

「真的嗎!?」

一色激動到從位子上站起來，折本笑著對她說：

「嗯，前提是當天大家願意幫忙擔任外場人員。」

「咦，啊……」

一色坐回椅子上，雙臂環胸陷入沉思。

原來如此。由我們這邊提供人手，即可省下人事成本。問題在於要去哪找人……一色似乎也想到這個問題，提心吊膽地觀察我們的反應。

「怎麼樣?學長學姊方便幫忙嗎……?我沒有其他人可以拜託……」

一色抬頭用水汪汪的大眼看著我。不必擺出那種惡意賣萌的姿勢求人啦。反正我早就做好覺悟，八成會被迫幫忙。

「只做外場的話是可以……」

一色聽了，臉上漾起笑容。雪之下則跟她形成對比，面色十分凝重。她像在顧慮我的感受般硬扯出溫柔的微笑，語氣宛如擔心小孩的母親。

「比企谷同學……你沒問題嗎?……服務業，你做得來嗎?」

「這點小事我可以。我有在家庭餐廳和居酒屋打工的經驗啊。」

不過我做沒幾天就烙跑了，稱不上經驗豐富。

同樣屬於服務業，職種可是五花八門。例如我做過的餐飲店外場人員就不需要討好客人，迅速精確地點完餐，提供商品即可。接客用語也制式化了，基本的溝通方面不成問題。只要壓抑情感，誰都做得來。即使如此還是很痛苦的話，大可直接閃人！

雪之下依舊不安地看著我，折本對她說：

「安啦，我那天也會來上班。啊，制服也會借你們，不用擔心。」

「制服不必啦……都自己人的慶功宴……」

我正想拒絕，有人在桌子底下揪住我的袖口，拉扯我的袖子。

喔喔……嚇我一跳……幹麼？可以不要突然做這種事嗎？轉頭一看，由比濱略顯害羞地輕輕舉起手。

「我有點想穿穿看……」

「咦，啊，是喔……」

既然妳想穿，那就沒辦法了……我也有點想看……

有人不想看的嗎？沒有吧!?（註30）

我望向對面的座位，雪之下按著太陽穴，頭很痛的樣子。啊，她放棄了，看得

註30 惡搞自《東京卍復仇者》佐野萬次郎的名言「有人在怕的嗎？沒有吧!?」。

出她無法拒絕由比濱的請求。我很懂。至於一色，她瞇眼盯著我，似乎在檢查什麼。

「也有男生穿的制服嗎？」

「有有有當然有。」

折本的視線移向廚房。剛才那位帥店長站在那裡，發現我們在看他，咧嘴一笑，豎起大拇指。喔、喔……店長感覺人不錯，不過是扯上關係會很難纏的類型……我很懂。

一色的意思是，我也要被迫換上那身衣服嗎？在我疑惑之時，旁邊的由比濱不停拍打我的上臂。

「不錯啊，很適合自閉男！」

「是、是嗎……謝了……」

好吧，頭都洗下去了。我也跟雪之下一樣看開了。

「那細節決定好後我再跟妳說。」

「嗯，麻煩妳囉——」

一色和折本交換聯絡方式時，門口傳來叮叮噹噹的鈴聲，告知有客人上門了。

我反射性轉頭看過去，看見熟悉的人物。

對方好像也對我有印象，驚訝得睜大眼睛，立刻瞇眼看著我，然後噘嘴把瀏海往上吹。

「啊，會長。歡迎光臨——」

折本開口招呼，會長——海濱綜合高中學生會長玉繩同學展露微笑。玉繩對我們也露出那樣的笑容。

「嗨，好久不見。」

「啊，你好。」

我們配合一色隨便的回應，跟著點頭致意。玉繩不知道是連這樣的問候都能滿足，還是根本沒把我們放在眼裡，視線又移回折本身上，神氣地拿起 MacBook Air。

「我還有工作要做……可以坐老位子嗎？飲料也是老樣子。」

「啊……嗯，沒人坐的話請便，有人的話先跟你說聲抱歉。咖啡我個人是推薦『今日推薦』。」

「那、那就那個……」

「好喔——」

折本拋下帶著淡淡苦笑的玉繩，走向廚房大聲呼喚店長。應該是打算請店長負責接待他。也是啦，現在還是她的休息時間……那傢伙根本不知道玉繩說的「老樣子」是什麼……巧妙地蒙混過去了，我深感佩服。

不久後，店長過來幫玉繩帶位。玉繩在那時瞄了我一眼，吹起瀏海。

把玉繩丟給店長的折本無奈地回到座位，手中的托盤上放著剛倒的紅茶及咖啡。

「來，幫你們續杯。」

「喔，謝啦。」

我們紛紛道謝，心懷感激地接過紅茶和咖啡，心平氣和地享用……理想是這樣，現實卻傳來「喀噠喀噠咚！」的鍵盤聲，彷彿要故意敲給別人聽，打破寧靜的時光。

望向聲音的來源，玉繩工作似乎遇到瓶頸，吹起瀏海，皺眉瞪著筆電，還做出閉眼搓揉眉間，表示眼睛疲勞的動作。然後，他「喔」了聲打了個響指，大概是想到什麼，拿出 iPad 用觸控筆在上面寫字。

他工作的模樣——更正，刷存在感的模樣十分熟練。聽他剛才那樣講，玉繩莫非是這家店的常客？

「來了位稀客呢……」

我拐了個彎詢問，折本苦笑著點頭。

「啊——會長呀。他好像超愛喝咖啡。一天到晚聊咖啡，一天到晚續杯。有種一輩子都在喝咖啡的感覺。」

我說，他喜歡的應該不是咖啡……

我們苦笑著面面相覷。我、由比濱、一色都察覺到了……不過這種事還是別多嘴比較好。

加油啊，玉繩同學……！

我在內心為他打氣，對面則有位更需要打氣的人。

「這樣我會不想來這家店……」

雪之下垂下頭，發自內心感到悲傷。這樣啊……畢竟這家店是妳的愛店……

加油啊，雪之下……！

6 想當然耳，平塚靜也有十七歲的時候。

秀蘭鄧波爾、灰姑娘、處女瑪麗……還有香迪和莫希托這種基本款雞尾酒的無酒精版本。

折本打工的店家提供的無酒精雞尾酒有許多種類。我光看她寄到我手機的ＰＤＦ檔，令人疲憊的第六堂課就結束了。

再過不久就是馬拉松大賽，意即慶功宴的準備時間也所剩無幾。

店家特地算我們比較便宜的價格，代價是學生會和我們侍奉社要去那邊當外場的工作人員。

這倒無所謂。這還無所謂。

問題在於，調製每種飲料也包含在外場的工作之中。仔細一想，我在居酒屋打工的時候，吧檯員也是外場人員的工作。

那麼，這位吧檯員該由誰擔任呢？

這個問題非常困難。

要擔任慶功宴，而且還是喝到飽的吧檯員，主要有三個條件。

首先是手速。精準地消化掉源源不絕的點單，一次調製大量飲料的速度。

接著是隨便的態度。將「紅石榴糖漿：10ml」、「檸檬汁：20ml」、「萊姆片一片」這種食譜上的詳細數值隨便抓一個量就好的態度相當重要。每次都拿量杯量根本來不及。最好還要有「萊姆片用完了，用檸檬片代替也行吧……反正差不多……」的隨機應變能力。

最後是懂得放棄的心。這個最重要。「有點調錯了……算了！沒人會在喝到飽的飲料吧要求味道要有多好喝啦！」這種不把客人放在眼裡的乾脆態度，可謂吧檯員必備的修養。

只要具備這三個要素，在居酒屋打工時豈止能立刻成為戰力，根本是主要戰力。肯定是先發球員。之後如果遇到有人包場要開宴會，就算你在那個時段沒排班也會臨時被抓去救火，還能在可能有人鬧事的宴會上故意放慢提供酒類的速度，大顯身手。儘管如此，時薪還是不會變高，連更改合約的時機都找不到。老闆是沒聽過「誠意不是用講的，要用錢來表示」這句名言嗎？結果就是只會在爆炸忙的時候抓你過來上班，內心的跑者隨時會被刺殺。我就是因此辭職的。我怎麼一天到晚辭職。

從以上的條件來看，我得出吧檯員該由我擔任的結論。

雪之下想必會完全按照食譜調製，而且以個性來說，讓她管理全場應該更適合。一色會亂調一通做錯了再吐舌頭敲著額頭說「做錯了做錯了嘿嘿☆」，應該可以隨便應付過去，但她身為學生會長，必須負責招呼相關人士。由比濱會即興改造食譜，做出大量超乎常理的飲料，必須請她專心在外場接待客人。折本雖然會幫忙，讓她做自己熟悉的工作效率更佳。

於是，班會在我用手機預習食譜的期間迅速結束，不知不覺到了放學時間。同學們也離開教室參加社團活動或回家，教室裡剩沒幾個人。我穿上外套，背起書包，打算跟上這波潮流。

這時，有人拍了下我的肩膀。轉頭一看，已經穿好外套的由比濱站在那裡。

「……自閉男。」

「喔。」

怎麼了？我面露疑惑，由比濱像在思考似地沉默了幾秒，揉著嘴邊的圍巾。

「那個，今天我有點事……」

由比濱把臉埋進圍巾，視線落在地上，看似在煩惱要怎麼說。

可是，她很快就抬起頭，用一如往常的開朗語氣說道：

「晚點才會到社辦。你先去吧。」

「……喔，瞭解。」

反正我們也沒有約好每次都要一起去。

我點頭應允，由比濱回以略顯疲憊的微笑，憂鬱地走出教室。她怎麼了？要去看牙醫嗎……

那無精打采的微笑令人有點在意，但我也不好意思過問人家的私事。

我目送由比濱駝著背離去，跟著走出教室。等事情辦完再去社辦吧。

總之先把這個PDF檔印出來。

想記東西的話，還是要看紙本資料。我知道手機也能做筆記、用螢光筆畫線，不過畫面實在太小，閱讀起來很傷眼。而且總覺得紙本資料比較記得住，沒錯，我本質上就是個昭和人。

校內有可以印資料的地方嗎……我邊想邊在走廊上前行。

圖書館前面是有影印機，但我記得它沒辦法把手機裡的資料印出來。要申請使用電腦教室又很麻煩……學生會辦公室應該有印表機，可是擅自借用八成會被硬塞工作。

既然如此，去校外的便利商店最快……

我做好決定，走向腳踏車停車場。

都要專程跑一趟便利商店了，順便買點什麼吧……例如用來回報雪之下和由比濱之前請我的MAX咖啡的茶點……

×　　×　　×

按幾下手機，再按下印表機的按鈕，機器便轟隆轟隆開始列印。

我稍微整理了一下機器吐出來的紙張，把剛印好的食譜扔進塞滿雜七雜八文件的資料夾。

然後在店裡閒晃，買了MAX咖啡、其他幾種飲料和看起來不錯的茶點，走出店門。

仰望天空，西方開始染上暮色。本來還覺得不會花多少時間，可是冬天太陽一下就下山了。

隨著天色變暗而降低的氣溫，害我冷得身體一顫，逆風騎著腳踏車，沿原路回去。

回到學校後，運動社的吆喝聲響徹寒空之下。

應該有很多學生已經回家了。停車場很空。我將腳踏車亂七八糟地停進那個空位。

鎖上車子，提著窸窸窣窣的塑膠袋，走向大門口。

眼角餘光在校舍陰影處看見熟悉的丸子頭。夕陽餘暉將帶粉色的褐髮照得熠熠生輝。

是由比濱啊……

她的事情辦完了嗎？我也正好要去社辦，最好跟她打聲招呼吧……

我如此心想，走向由比濱。

才走沒幾步，腳步就突然停下。

被迫停下。

因為我在日落時分將近，夕陽西下的校舍後方，看見由比濱對面站著一個人。

我反射性躲到校舍的牆壁後面，緊貼著牆壁，卻感覺不到水泥冰冷的溫度。只覺得壓低音量吐出的氣息冰冷得嚇人。

我只有瞥見暗處一眼而已，認不出由比濱前面的人是誰，也沒那個心思觀察對方的長相。

但從背影看得出是個男生。

比她還高的身高、黑髮有點自然捲的削邊頭、卡其色的羽絨衣，握緊羽絨衣下襬的手浮現青筋。

雙腿緊張得瑟瑟發抖，下定決心跨出一步的球鞋，發出踩在沙子上的聲音——腦中浮現這樣的畫面。

我不敢遠觀，也不敢好奇地偷看，只能屏息躲在牆邊。

我看過那個場景。

不對，一模一樣的場景從來沒看過。背景、人物、構圖、遠近感、角度、物件位置都截然不同。

氣氛卻跟聖誕節的得士尼樂園和那時候的校舍後方極為相似。

所以，我不得不意識到。

聽不見聲音。也不想聽見。

用不著聽見他和她的對話，我也猜得到內容。

明知呼吸聲不可能傳過去，我仍然屏住氣息。

連踩在沙子上都會躊躇，小心翼翼把腳往後挪，避免發出聲響。

慎重地退後一、兩步，緩慢拉開距離，轉過身去……

不去正視。

× × ×

我連在正門口換上室內鞋的時間都捨不得花，穿著髒兮兮的鞋子，漫無目的走在走廊上。

實在不想直接去社辦。

不知道該用什麼樣的表情面對她。再等一段時間，我是否就有辦法裝得若無其事？

我下意識走向連接主要校舍和特別大樓的露天走廊。之所以選擇走教職員辦公室那一側，而非平常使用的教室那一側，或許是因為我想盡量多繞點路。

我坐到窗邊的長椅上，仰望天花板。吐出積在胸口的嘆息，無意間閉上眼睛。

然而，閉眼睛也沒意義。

不管是假裝沒看見、看見了卻不採取行動、沒有看出來，我都早已習慣，短短一瞬間瞄到的畫面，卻烙印在眼底揮之不去。

照在背上的陽光沒有溫度。可是，隔著眼皮感覺到的亮光在逐漸減弱，告訴我時間並未停止流動。

現在由比濱的事情——他們兩個是不是談完了？

我深深嘆口氣，踩在油氈地板上的腳步聲混入了我的嘆息聲中。就在我想著「有人經過嗎？」抬起臉的瞬間，威猛的吶喊聲傳入耳中。

「手刀攻擊！」

「好痛……」

頭頂傳來一陣悶痛。我摸著被打的地方抬起頭，平塚老師單手抱著巨大的紙箱，對我咧嘴一笑。

「還敢摸魚啊。不去參加社團活動？」

「啊，呃……」

我思考著該怎麼解釋，結果想不出像樣的理由，只能露出乾笑掩飾尷尬。

平塚老師疑惑地皺眉，不久後無奈、溫柔地吁出一口氣，一副拿我沒轍的樣子。

「你來得正好。過來幫忙。」

她抬起下巴示意我跟過去，看到我站起身，滿意地點頭，將手中的大箱子塞給我。

「來，拿好。」

「啊，好的。」

平塚老師單手就拿起來了，所以我還以為不會有多重，想不到那個箱子沉甸甸的。裡面裝啥啊……

我瞇眼瞪著箱子，平塚老師為我解答。

「今天剛好有未來志向諮詢會，裡面裝的是相關資料。」

「原來有這樣的活動……」

「嗯，一色含淚努力籌辦的喔。」

看見平塚老師笑得那麼開心，我猛然想起之前去咖啡廳的時候，一色好像說過有其他工作……她本來想拜託我們幫忙的另一件事是這個嗎……

可以理解平塚老師為何忍不住笑出來。

那個一色率領學生會，靠自己的力量努力完成工作，身為學長，身為推舉她擔任會長的人，我感到既高興又驕傲，還有點寂寞……對不對？是那種微笑吧？不是「爽啦妳偶爾也該吃點苦」的笑容吧？對不對？老師？

在我有點猶豫要不要確認平塚老師的真意時，我們來到教職員辦公室。

平塚老師打開辦公室的門，向我招手。看來是要我搬進去。

我聽從她的指示，重新抱好箱子，用含糊不清的聲音咕噥道「不好意思……」邊點頭打招呼邊走進去，跟在平塚老師身後。

「放桌上就好。」

「收到。」

至今以來，我屢次被抓到——更正，屢次來到這張桌子前，映入眼簾的卻是陌生的畫面。

平常亂成一團，文件信封罐裝咖啡甚至連模型都有，整個是開趴狀態的辦公桌，今天整整齊齊的。桌上只有用繩子裝訂的黑色封面筆記本，以及擱在旁邊的原子筆。

我一瞬間以為是別人的桌子，只有沒有正面擺放的旋轉椅，看得出平塚老師的作風。

「……是這張桌子沒錯吧？」

我感到不安，回頭詢問，平塚老師皺起眉頭。

「你什麼意思……」

「沒啦，只是覺得變得好整齊……」

平塚老師瞇細雙眼，望向乾乾淨淨的桌面。

「……噢。對啊。年末的大掃除延期了……之前清掉一堆東西。」

她疲憊地活動肩關節，捶打肩膀。要一次整理好亂成那樣的桌子自然會累……

那我就把這個箱子放在老師努力清空的桌上囉。

「嗯，在那邊等一下，我馬上過去。」

老師指向教職員辦公室裡面。那裡是用隔板隔出來的區域，我們常用來講事情的會客室。

我點了下頭，走向會客室。

一坐到沙發上，皮革就凹陷進去，彈簧吱嘎作響，身體深深沉入其中。有地方可以好好坐下來，我忍不住吁出一口氣。

冰冷的物體突然碰觸臉頰，彷彿要堵住我的嘆息。

我嚇得回過頭，從背後偷偷靠近的平塚老師，用冰涼的ＭＡＸ咖啡碰觸我的臉。臉上帶著淘氣的笑容，將那罐ＭＡＸ咖啡扔給我。

「拿去。」

「謝謝……」

別用扔的啦……

平塚老師坐到我對面的沙發，用眼神叫我喝。雖說是她自掏腰包買的，人家特地請客，我就感激地收下吧。

我點頭回應，拉開MAX咖啡的拉環。聲音與打火石的摩擦聲重合。宛如風中殘燭的火焰點燃香菸紙和菸草，散發濃烈的焦油味。平塚老師一臉享受的樣子，緩緩吐出細長的白煙。

她拿起矮桌上的菸灰缸，發出響亮的聲音彈掉菸灰，瞥了我一眼。

「選好了嗎？」

沒頭沒腦拋出的這句話，令我感覺到身體瞬間僵住。

這突如其來的問題，跟之前我和折本佳織一起走在回家路上的時候，她問我的問題很像，我仍然像如鯁在喉一樣，發不出聲音。

什麼？選什麼？妳指的是什麼？好突然喔。呃妳突然問這個我不知道怎麼回答。

照理說怎麼回都可以。只要馬上回話就行。

我不敢往一縷白煙的對面看，視線慢慢落向菸灰缸的底部。啊，真希望能一溜煙地逃走。

我灌下甜膩的咖啡，一如往常揚起一邊的嘴角扯出笑容。

「……您指的是？」

我自認為在笑，但我現在究竟是什麼樣的表情呢？平塚老師目不轉睛地凝視我，又吸了一口菸，白煙隨著微笑脫口而出。

「選組啦。跟志願調查表一起發給你們了吧。」

「喔、喔……」

我當場愣住，回以錯愕的聲音。

經她這麼一說，我想起來了，開學第一天確實有收到那類型的文件。因為八卦及慶功宴的關係，害我徹底忘了。

跟想像中不一樣的話題導致我全身脫力，差點從沙發上滑下來，只好靠假裝喝咖啡來調整坐姿。

「是有收到沒錯……」

「你兩張都還沒交。我在想你是不是有煩惱……」

老師露出淡淡的苦笑。溫柔的眼神看似在問「你有其他煩惱嗎」。

她其實早就看穿了吧。畢竟她平常就很關心我們這些學生，我不認為平塚老師會沒聽說那一連串的謠言。她只是貼心地沒去提及。

為了逃避那關心的視線，我抓住書包，拿出塞滿各種文件的資料夾。

「純粹是忘記了。我現在就填。」

我在資料夾中摸索，卻因為太亂的關係一直找不到調查表，只能把裡面的東西全拿出來。

好不容易找到選組調查表和志願調查表，正想填寫時，平塚老師好奇地探出頭。

「那個，您這樣我很難寫……」

我迅速用手擋住紙，板著臉說道，平塚老師苦笑出聲。

「我有點好奇……可以看嗎？」

「喔，可是很普通耶？全是私立文科，只是把感覺考得上的校系由上往下排而已。」

「沒關係啦給我看給我看～」

平塚老師把身體湊得更近，看著我手邊的眼神洋溢發自內心的溫柔，與那開玩笑的語氣形成對比。

「……我想先看過一次。」

向我訴說的聲音緩慢又平靜。她的面容我明明早已看習慣，卻散發一種像在凝視遠方的寂寥感。大概是只有大人會露出的表情。我不禁看得出神。

不曉得是因為我一直沒說話，還是她察覺到我的視線了，平塚老師忽然抬頭，露出豪邁的笑容。

「你搞不好又會寫要當家庭主夫。」

我以微笑回應她的玩笑話。好吧，被看到也不會怎麼樣。平塚老師是我的班導，終究會被看到……我按照剛才的宣言，隨便寫下符合我程度的私立文科。平塚老師瞇起眼睛，看似在守望著我。

「大概是這樣……」

「嗯，謝了。」

等到我寫完，平塚老師抬起頭，不知為何看起來神清氣爽。

她當面跟我道謝，連我都覺得難為情。

我隨口回了句「不會」、「沒有啦」，將剛剛拿出來的各種文件整理好，以掩飾害臊。

平塚老師的視線停在其中一張紙上，用手指拎起來，是我去便利商店印的食譜。

「……雞尾酒？」

「是無酒精雞尾酒。」

「哦——？」

為什麼要看無酒精雞尾酒的食譜？平塚老師面露疑惑。

「我要在馬拉松大賽的慶功宴上當外場。」

平塚老師聽了，往我這邊瞪過來。

「未經允許禁止打工喔？」

「是志工啦。侍奉社的活動。」

其實真的是做白工。我聳聳肩膀，有那麼一點真心感到不耐。

「是嗎……算你勉強過關。」

平塚老師輕笑出聲，視線落在無酒精雞尾酒的食譜上，然後翻著食譜，感慨地接著說：

「最近的學生真時尚——竟然會在慶功宴上喝這種飲料。看起來根本和雞尾酒一模一樣。」

「只是喝個氣氛啦。外行人不可能調得這麼漂亮……」

無酒精雞尾酒雖然外觀跟真的雞尾酒並無二異，終究是無酒精飲料，再怎麼喝都不會醉。若由真正的調酒師調製，或許能靠亮麗的造型及現場氛圍讓大家稍微有喝醉的感覺，但以我的技術有點令人不安。喝不醉，外觀又普普通通，喝酒的人肯定會覺得很空虛。尤其是愛酒成痴的平塚老師，她八成會嗤之以鼻。

出人意料的是，平塚老師對這東西的評價還不錯。

「挺好的啊。要重視氣氛。這種事玩得開心最重要。」

她邊說邊含住香菸，點火，然後百無聊賴地吐出一口煙。

「真羨慕你們沒酒喝還能玩得那麼瘋。我現在完全無法想像沒有酒的慶功宴。不如說是其他人不會接受沒有酒……」

「中年大叔是這樣沒錯。」

我應聲附和，平塚老師點頭如搗蒜，神情透出一絲疲憊。是那個嗎……被職場的餐會累到了……

儘管這只是我的想像，大人——尤其是上一個世代的昭和人，什麼活動都會喝酒吧。就像「過年要有過年的氣氛」的感覺。慶功宴尾牙歡送會這類型的活動，當然也會配酒。在那種場合喝無酒精飲料的話，會有吃飽太閒的人說「你竟敢不喝我倒的酒！」纏著你不放。

「我也好想喝酒……」

平塚老師隨著嘆息吐出白煙。

它搖晃了一瞬間，很快就在空中消散。

平塚老師望向窗外，彷彿在追尋白煙消失的方向。我好奇那裡有什麼東西，跟著看過去，只看得見黃昏的天空及操場，沒什麼特別的。

老師所注視的景象，肯定不在此處。

「……所以，有時會特別懷念。」

她輕聲呢喃，嘴角勾起溫柔卻哀傷的笑容。

「用不著喝酒也那麼開心。用不著喝醉還是能玩到早上。光配寶特瓶裝的茶就能聊個不停。」

那是在緬懷遙遠的過去，一去不復返的往昔的口吻。因為寂寞才顯得美麗，因為時光不會倒流，懷念過去的話語聽起來格外悅耳。

「即使是在深夜時分，即使只是在路邊的公園，即使是在自動販賣機前面，即使身上還穿著制服，話題也不會中斷。沒人提議要回去，所以大家直接跑到其中一個人家繼續聊，不知不覺睡著了……」

我目不轉睛地看著露出懷念微笑的臉龐。說我看呆了也沒錯。真想一直聽這個人述說往事。

然而，或許是我的視線太失禮，平塚老師不自在地扭動身軀，清了下喉嚨掩飾過去。

「我也曾經十七歲過。」

她笑得略顯羞澀。靦腆的笑容使她看起來比平常還要稚嫩，可以窺見往日的青春時期。

「有點想看看十七歲的老師。」

平塚老師聞言，豪邁地笑了。

「哈哈！你見到年輕的我就糟囉。我以前是個超級美少女，搶手到不行。你馬上會被我甩掉。」

「怎麼會以我對妳有好感為前提啦。還擅自甩掉我……雖然我也覺得會演變成那種情況。」

「咦？」

平塚老師目瞪口呆，眼睛眨個不停。但她立刻回過神來，吐著氣擦拭額頭，呼出一大口菸。

「好險……要是我十七歲的時候見到你，說不定會一秒被拐走。」

「怎麼可能……」

十七歲的平塚靜到底多好騙啦，害我突然好想會會她。是說妳現在感覺更好騙耶。

老師吐出一小口煙，表示她是開玩笑的，用菸灰缸緩緩捻熄香菸。她挺直背脊，注視我的溫柔眼神恢復成成熟的大人。

「比企谷，你也有十七歲的時候。」

「呃，我現在就是啊……」

平塚老師點頭回應我的吐槽。

「是啊……你今年十七歲。有些事只有現在才能做，只有現在才會被允許去做。」

她的語氣像在教育我，令我下意識正襟危坐。

平塚老師拿起放在矮桌上的食譜。

「無酒精雞尾酒也包含在內。對不再年輕的我來說稍嫌不足，只能代替酒喝，不過……」

平塚老師慢慢確認每一種飲料的配方。沒有琴酒也沒有伏特加。跟雞尾酒本來的配方看似相同，實則不然。

用比較惡劣的角度看，儼然是模仿真物，虛有其表的偽物。

「……可是，對你們來說並不是替代品。不會被醉意掩飾，不能靠醉意掩飾，反而可以說是更純粹的事物。」

平塚老師靜靜把食譜遞給我。

「重要的是心意。再簡陋的無酒精雞尾酒，都遠比隨便撿來的便宜貨來得高級。」

偽物的食譜在眼前翻動。

然而。

假如連外在都無法掩飾的贗品，也能得到認可。

假如連青澀的心意，都有資格傾注其中。

它或許有可能成為什麼。

我將手伸向老師遞給我的食譜。手一握緊，紙張就有點皺掉，不過反正之後會被我看到爛，應該是無所謂。

我接過食譜，平塚老師展露溫柔的微笑，我則揚起一邊的嘴角，回以嘲諷的笑容。

「至少外觀我想弄得好看點……因為我對味道沒自信。」

「酸甜苦辣各有各的好。」

「這樣會被客訴吧。」

我們相視而笑。

純粹是在聊無酒精雞尾酒。其中顯然隱含另一層意思，我們卻沒有說出口。

用不著明言，也足夠明白。

不，我知道。我只是自以為明白，實際上什麼都沒做。而她推了我一把。

「我該去社辦了。」

我將資料夾塞進書包，從沙發上起身。

「嗯，加油吧。」

平塚老師跟在後面送我出去。我們即將走出會客室時，她從後面叫住我。

「啊，對了。」

回頭一看，平塚老師對我做出擊拳的動作威嚇我。妳在幹麼……

「要辦慶功宴是可以，別玩得太瘋了。喝酒會被停學喔。」

平塚老師最後一拳揮得特別用力，我嘆著氣笑了下，轉過身去。

「不會有人在這種慶功宴上喝酒啦……」

「我已經決定第一次喝酒要跟誰一起喝了。」

然後擅自跟身後的人約好三年後的時間。

× × ×

走向社辦的腳步輕鬆了那麼一些。

特別大樓的走廊沒有其他人，只聽得見我的腳步聲。那陣腳步聲步調比平常還快，像在催促我似的。

社辦的門近在眼前。我在門前吐出一口長氣，小聲幫自己提起幹勁，握住門把。門輕輕一拉就開了，沒有任何抵抗。

清爽的紅茶香氣。電暖器低沉的運轉聲。

以及訝異地看過來的雪之下與由比濱。

「你好。」

「啊，自閉男，好慢喔。」

社辦裡的景象沒有變化。優雅拿著茶杯的雪之下跟大嚼點心的由比濱都一如往常。

剛才校舍後面的事件彷彿從來沒發生過。或者只是我誤會了，太早下定論。

儘管如此，我要做的事並不會改變。

「嗯，辛苦了。」

我隨便打了聲招呼，踏進社辦。

卻沒坐到平常的位子上。

雪之下對站在原地不動的我投以疑惑的眼神，由比濱則納悶地凝視我手中的塑膠袋，好奇裡面裝的是什麼東西。

「今天我可以早點走嗎？雖然我才剛到，講這種話很奇怪。」

「咦？」

她們幾乎在同一時間歪頭，宛如一對貓頭鷹母女。

「我要去一色那邊處理慶功宴的事。」

「這樣呀……」

「我們是不是也該一起去？」

「不用，我不是要當吧檯員嗎？所以，嗯，有點事要討論……」

我邊說邊從塑膠袋裡拿出兩罐ＭＡＸ咖啡，放到兩人面前，如同在進貢供品。

「我想用ＭＡＸ咖啡做無酒精調酒，得先跟她提案。啊，這是之前的回禮。」

提案只是我亂扯的藉口，卻比我想像的更有說服力。

雪之下按著太陽穴表示頭痛，無奈地嘆氣。由比濱也明顯感到無言。

「唉……」

「自閉男，你也太喜歡ＭＡＸ咖啡了吧……」

「有什麼關係……」

她們的反應實在很過分，不過這個理由似乎得到同意了。兩人紛紛點頭，一副拿我沒轍的樣子。嗯——她們這麼好溝通是很好，但我心情有點複雜……

算了，雖然於心不忍，都得到允許了，我就告退吧。

「那今天我先走了。拜啦。」

我提著塑膠袋，舉起一隻手擺出「不好意思真的對不起」的道歉手勢，急忙走向門口。

「好、好的……再見。」

「啊，嗯，明天見……」

兩人錯愕地輕輕對我揮手。我點頭回應，緩緩關上門。

好，移動到下一個目的地吧。

我沿著原路回去，快步走在特別大樓的走廊上，前往學生會辦公室。

當然不是為了跟一色說我想做ＭＡＸ咖啡無酒精雞尾酒。

我的目的只有一個。

幫這一連串的謠言劃下句點。

為此，需要先跟謠言的關鍵人物葉山隼人締結合作關係。可是即使想找葉山商量，我沒有任何手段可以聯絡到他，目前只能靠其他人轉達，或者直接去堵他。

這種時候，最可靠的就是學生會長兼足球社經理一色伊呂波。

反正不管怎樣都得等葉山的社團活動結束。

既然如此，與其在寒風中苦苦等待，不如請一色幫忙聯絡，在學生會辦公室等他。不愧是伊呂波，真可靠。

走沒多久，就到了學生會辦公室前面。我打開手中的塑膠袋，檢查內容物。除了MAX咖啡外，還有幾種飲料跟點心。拿來代替慰問品正好。

假借送慰問品的名義請人吃東西，對方或許就會願意幫忙。慰問品就是有這樣的魔力。稱之為互惠原則可能有點牽強附會，不過對方確實會比較容易聽你說話。如果有人帶吃的給我，我也會覺得「難道我非工作不可嗎……好煩喔……不想工作……」。

總之，我要靠這袋慰問品討好她，在學生會辦公室跟伊呂波合作！我打起幹勁，敲了幾下學生會辦公室的門，靜待片刻。

「啊，來了。」

門後傳來有點驚訝的聲音，接著是匆忙的腳步聲。門把慢慢轉動，門發出吱嘎聲打開了幾公分。從後面探出頭的，是個戴眼鏡、綁麻花辮、有點土氣的可愛女生。

「啊，那個……請問，有什麼事嗎？」

記得她是書記妹妹。她看起來有點戰戰兢兢，臉上寫著「嗚嗚嗚……有不認識的人來……好可怕……」請問是我多心嗎？

不過，本人的心靈之堅強可是有品質保證的。我決定走強硬路線，假裝跟她認識。我擠開要開不開的門，遞出塑膠袋。

「啊——妳好。這給你們的。」

「啊，啊，謝謝你，這麼多禮……」

我硬將塑膠袋塞到她手中。膽小的書記妹妹似乎不敢拒絕，鞠躬向我道謝。唉唷——妳這樣不行喔——怎麼可以亂拿陌生人的東西呢——

「那、那個，會長，有人送慰問品……」

然而，她不知道如何處理收到的慰問品，呼喚坐在裡面的一色。

一色大概是對慰問品一詞有反應，從裡面走過來，探頭確認書記妹妹拿著的袋子裝了什麼，兩眼發光。

「哇——學長好貼心喔。謝謝你慢走不送——」

門發出「嘰……」的聲音逐漸關上。

討厭！互惠原則對伊呂波半點用都沒有！

我用力抓住快要關上的門，強行撐開縫隙。再把臉擠進去，維持傑克・尼克遜在《鬼店》中的名場景的狀態纏著她不放。

「喂？不要送客好不好？妳這孩子怎麼拿了人家的東西就立刻趕人回去……」

一色微微歪頭。

「是喔，你有什麼事嗎？我沒有耶。」

妳真是自我中心到令人神清氣爽的地步呢，伊呂波～怎樣？沒事就不能來嗎？我沒事也不會來啦。所以我今天來確實有事。

「一色，借一下學生會辦公室。」

「什麼？」

一色這次往反方向歪頭。

7 事關兄長，比企谷小町總是觀察入微。

我隔著學生會辦公室的窗戶，俯瞰被夕陽餘暉及冰冷街燈照亮的中庭。

在操場參加社團活動的學生，回家時會經過中庭。足球社出現的話，從學生會辦公室應該可以看得很清楚。

除此之外，多虧當上會長的一色花錢投資設備，這間學生會辦公室的環境異常舒適，超適合久待。現在鹵素式電暖器就在釋放遠紅外線，溫暖我的雙腿。是監視的絕佳地點。

我靠在窗邊喝著ＭＡＸ咖啡，瞄向窗外。

旁邊是姿勢跟我一樣的一色。她的手指從過長的針織衫袖口露出，拿著熱可可小口啜飲。

「葉山學長一直沒來耶。」

「對啊。」

我已經跟一色說過我的目的。

起初她還一臉不耐地抱怨「咦——這樣不是會拖到我回家的時間嗎——」我一搬出葉山的大名，她就勉為其難允許我待在學生會辦公室。

其他學生會成員或許是顧慮到有我在，通通先行離開了。副會長跟書記是一起走的，令我印象深刻，你們兩個是怎樣在交往嗎副會長你這混帳瞧不起工作是吧給我認真做事喔。雖然干擾各位工作的人就是我。

說到工作，我想到一件事。

「妳不是經理嗎？足球社是不是快放人了？」

「不知道耶？」

一色一秒回答。

「竟然不知道……」

又不是《守護月天》的片頭曲（註31）……認真當經理好嗎？

註31 動畫《守護月天》的片頭曲〈さぁ〉有「不知道」之意。

「現在這個時期很冷耶——？」

一色「嘿嘿☆」露出超做作又超可愛的笑容，這傢伙怎麼回事，超可愛的……這樣沒問題嗎……然而，是我叫她既然當上學生會長，就要盡情利用這個身分。精明的個性是一色伊呂波的魅力，也可以說是能力。

相反的，我就是做事不得要領的人。太會白費工夫了。現在在學生會辦公室監視也包含在內。早知道之前告訴葉山手機號碼的時候，我也問一下他的。但透過別人問他的手機號碼也很奇怪。

怎麼繞那麼多圈子。

如果我和那傢伙是好朋友，就能懷著「嘿兄弟！你怎啦！來我家一趟唄！」的心情去找他了。最好是啦。這樣就會乖乖跟過來的葉山我才不要。

話雖如此，現在能做的也只有等待葉山。我看著外面發呆，跟一色的倒影四目相交。她也發現了，輕笑出聲。

「是說，學長會做到這個地步，我有點意外耶。」

「是嗎？」

我將視線移回一色身上，她再三點頭。

「嗯，我以為你會覺得『管它的』、『無聊死了』、『一群白痴』。」

哇——很像我會說的話——伊呂波對我的理解度挺高的喔。應該可以考過比企谷檢定三級。好，爸爸給妳八百萬分——

說實話，平常的我八成會照她說的那樣做。察覺異狀的一色真敏銳。

「你竟然特地跑來學生會辦公室，一——直埋伏他……」

一色陷入沉思，盯著我的眼睛。那雙眼睛如此可愛，眼神卻像要看穿我的內心，有點可怕。因此，我忍不住移開視線。

她不知道發現了什麼，冷不防地向後彈開，跟我拉開一步的距離。

「……啊！現在學生會辦公室只有我們兩個你想讓這件事傳出去造成既成事實讓我對你有那麼一點在意再趁機追我嗎？那個計策有很多地方可以學習之後我打算拿來用觀察結果如何對不起不能跟你交往。」

她滔滔不絕，一口氣講完這段話，以驚人的速度低下頭。

「啊，嗯……請妳務必用用看，告訴我感想。」

「你的反應好冷淡——」

我懶得理她，隨口敷衍過去，一色不滿地鼓起臉頰。

不過我等葉山等得挺久的，幸好她願意陪我打發時間。

這也得想辦法回報她吧……思及此，我突然想到。

「對了，今天不好意思。」

「今天？什麼東西？」

一色歪過頭，臉上寫著「突然講這個幹麼啊這人在搞什麼」，順便瞇細雙眼，把上半句的「突然講這個幹麼啊」說出口。不僅如此，還補上多餘的一句話。

「學長的話不只今天，大部分的時候都要跟我道歉吧……」

「說得也是，對不起喔……」

她冷眼看著我，噘起嘴巴說道，我腦中浮現太多可能性，只講得出道歉的話。但我現在想道歉的不是那件事……

「今天不是有那個嗎？未來志向諮詢會？之類的活動。抱歉，沒辦法幫忙。」

「啊——那件事呀。沒關係，我把規模縮小了一點，學生會的人手就夠了。」

一色面不改色，嘴角卻勾起自豪的笑容，微微挺起的平坦胸部看得出她很得意，想要故作鎮定卻沒成功。就算這樣，也改變不了一色是憑一己之力做出判斷，憑他們的力量辦好活動的事實。

「……挺厲害的嘛。會長很努力喔。」

想到選舉的那時候，她還真是長大不少。本來應該要更坦率地稱讚她，可惜我性格扭曲，講出來的話也有點扭曲。一色聽了別過頭，用手整理瀏海，支支吾吾講

了一連串話。

「……嗯、嗯，我也覺得一直拜託學長你們不太好，所以自己稍微努力了一些～」

唔，看來因為我們性格都很扭曲的關係，我的稱讚正確傳達給她了。由她不停用手往臉頰搧風的舉動來看，一色好像在害羞。

我用溫暖的眼神注視她，一色覺得不太自在，清了下嗓子，嘆出一小口氣。

「……而且，我發現不是理所當然了。」

「哦？」

我聽不懂她補充的這句話是什麼意思，納悶地隨口回應。

一色把手撐在窗框上托著腮，像在作夢似地仰望夜空，像在盼望似地輕聲呢喃。

「該怎麼說，本來還以為會一直持續下去呢～」

語氣輕描淡寫，眼神卻深沉得彷彿在尋找流星，有一種豁達的感覺。知道不會實現所以使用了過去式，害我胸口隱隱作痛。然而，沉默不語會有種承認了這個說法的感覺，我便跟平常一樣，講出用來逃避面對的臺詞。

「什麼東西？」

但同為性格扭曲的人，我的裝傻似乎對她並不管用。

「這樣的時間和這樣的關係。」

玻璃中的倒影露出無奈的微笑，然後用脣語對我說「你明知故問」。

嗯，我明白。我透過倒影看著她的眼睛，點了下頭。

一色見狀嘆了口氣，轉頭面向我。身後的夜色導致她靠著窗戶的模樣，顯得格外成熟。

「可是，努力守護那種理所當然的人也挺帥的。看到那樣的人，會想為他加油。」

究竟在指誰呢？至少應該不是我。一色在看的，好像是窗外模糊不清的廣闊夜空，位於其另一側的某人。

「啊。」

她突然小聲驚呼。

往下面一看，足球社的成員正好穿過中庭。葉山也身在其中。

終於登場了嗎……我喝光剩下的ＭＡＸ咖啡，抓起外套及書包。

「一色，謝囉。」

「不客氣。我能做的也只有這點小事。」

我向她道謝，一色莞爾一笑。我用道別回應她的笑容，準備離開學生會辦公室時，身後傳來溫柔的聲音。

「學長，加油喔。」

回過頭，一色雙手在胸前握拳，幫我打氣。神情柔和，目光平靜。

加什麼油啦，只是要跟他講點話而已——我大可這麼回應，卻沒有說出口。

而是以輕輕揮手代替，走出學生會辦公室。

× × ×

我快步從正門口走到中庭。不久前還待在溫暖的學生會辦公室，害我的臉頰被冷風颳得一陣刺痛。我拉緊外套，把圍巾拉到嘴巴，加快腳步。

葉山隼人就在前面。他跟戶部那群人有說有笑，慢慢走在路上。

戶部率先發現我，大概是因為這個時間沒什麼學生，目光容易被從反方向走來的人影吸過去。

「喔，是比企鵝耶。」

他用力揮手，葉山也注意到我的存在，微微抬手跟我打招呼。

「你們正準備回家嗎？」

我停在葉山一行人面前詢問，他們自然必須跟著停下腳步。戶部感覺到好像該聊個一兩句的氣氛，圍好看起來像博柏利冒牌貨的圍巾，延續話題。

「對啊，你也是嗎？」

「嗯……喔，對了。葉山，方便借一步說話嗎？」

我瞥向葉山。

彷彿現在才想到有事要找他。我覺得我演技滿爛的，不過或許是因為我平常不太會跟人說話，其他人並不覺得我的態度有什麼問題。

但葉山不同。他似乎想到什麼，訝異地看了我一眼。

不意外。葉山可是受到許多人的傾慕，常被各種人搭訕的大紅人。

在旁人眼中，這個狀況並不會不自然。純粹是「連碰巧遇到的同學都會找他聊天不愧是隼人！」。

然而，葉山知道我的個性。

他知道我不是會主動跟他搭話的人，感情沒好到會一起回家，更不是會約出去玩的朋友。也知道我找他的時候總是沒好事。

起初一臉驚訝的葉山輕輕搖頭，立刻露出往常的微笑。

「沒問題。戶部，那我就……」

「喔、喔。拜啦——」

他對戶部使了個眼色，戶部馬上點頭回應，跟其他人大聲聊天，離開現場。目送戶部他們離開後，葉山將視線移回我身上，抬起下巴示意要移動到腳踏車停車場。我也跟著邁步而出。

大部分的學生都回家後，停車場空蕩蕩的。雖然有幾個人——推測是其他社團的學生——在聊天，等那些人熱熱鬧鬧地離開，就只剩下一片靜寂。冷風吹過，停車場的鐵皮屋頂發出吱嘎聲，擱在停車場的生鏽腳踏車也晃得喀噠喀噠響。

我打開車鎖，牽著車站到葉山旁邊。這段期間，葉山什麼都沒做，好像在等我。

「……所以，你打算怎麼做？」

葉山開口詢問。

說有事找他的人是我。決定今後的行動方針，自然是我的任務。

「我想跟你談談……」

可是這件事不方便被其他人聽見。我不想引人注目。而且，一直站在停車場給風吹也很那個。有沒有什麼地方可以讓我們坐下來聊的？我家，或者葉山家……死都不要……

「先走再說吧。」

「說得也是，先走吧……」

葉山如此回答，走向校門，我則騎腳踏車跟在後面。

兩人份的腳步聲和生鏽的鏈條發出的冰冷喀啦聲，在寧靜的校舍內迴盪。白天吵得跟動物園沒兩樣的學校，現在卻聽不見人聲。

…………好尷尬。

我們一直都沒說話，再加上這個畫面。這個畫面。

明明是我主動找他的，我卻自己騎著腳踏車，讓葉山用走的，是不是尷尬到爆？咦，怎麼辦，這種時候牽著車用走的才對嗎？

還是說，先解散再到指定地點會合才是一般做法——？

經過思考，我總算想到像樣的答案。我清了下喉嚨，呼喚走在前面的葉山。

「……啊——要上來嗎？」

「咦？」

葉山錯愕地回過頭，一臉聽不懂我在說什麼的樣子。我的聲音被風聲蓋過了嗎……這傢伙是遲鈍系男主角喔？不要回問啦人家很害羞耶。還是他在使用假裝沒聽見，藉此拒絕跟我共乘的高階技巧？被拒絕的話我哪可能還有勇氣再問一次。別小看少女心，它很脆弱的。

在心中抱怨了一長串後，我深深嘆息，拍打腳踏車的載貨架，又問了一次同樣的問題……八幡！加油！鼓起勇氣！

「……就，問你要不要上車。」

「什麼嘛，我還以為是我聽錯。」

葉山露出柔和的微笑。

「那我就恭敬不如從命了……」

「嗯。」

我騎上腳踏車，葉山繞到我後面。腳踏車緩慢下沉，感覺得到他坐上來了。那就出發囉。

準備踩下踏板的瞬間，葉山突然輕拍我的肩膀。我反射性身體一顫。

「咦，你幹麼……」

我膽顫心驚地回頭，葉山面露疑惑，看看自己的手，又看看我的肩膀。

「噢，抱歉。我只是在調整姿勢。」

葉山鬆開我的肩膀，將重心放在後面，抓住載貨架的邊緣。嗯，好吧，雙載時確實都是這樣坐。重心放在前面的時候，抓的是騎士的肩膀、腰部，或是坐墊後面。放在後面時會像葉山現在這樣。順帶一提，小町是前者！會摟住我的腰喔！很可愛！

總之，這樣就準備完畢了。我重新踩穩踏板，詢問葉山：

「可以出發了嗎？」

「請便。」

他語氣輕快，我用力踩下踏板。腳踏車隨著我的動作前進。然而，或許是太重的關係，手把不聽我的使喚歪向旁邊，車身晃來晃去在路上蛇行。

喔、喔……載男生挺難騎的耶……敝人我只載過小町。小町很輕的說……小町真可愛……

相對的，坐在後面的這男人一點都不可愛。

「那個……要不要換我騎？」

轉頭一看，葉山面帶苦笑。

「不用，沒關係。我可以。」

我冷淡回應，繼續踩動踏板。只不過多載一個人就騎不動，還讓人幫忙騎，有點丟臉。男生有自己的矜持啦！

不曉得是拜我的矜持所賜，還是騎久就習慣了，之後的路騎得還算順，甚至能慢慢加快速度。學校附近的街道都是填海拓地，因此路又直又平，非常適合騎腳踏車移動。

風依舊寒冷刺骨，但對於正在活動身體的我來說沒什麼影響。我輕快地騎在路上，葉山輕戳我的背。不要戳我好不好？會害我起雞皮疙瘩。

「……幹麼？」

我在專心騎車，所以沒有回頭，身後傳來葉山的聲音。

「要去哪裡？」

經他這麼一說，我才想到還沒決定目的地。這時間能隨便找到地方坐，我又知道位置的店家實在有限。

「……薩莉亞吧。」

「你未免太喜歡薩莉亞了。」

葉山傻眼地說。怎樣啦，薩莉亞有什麼不好。

「怎麼？不行嗎？我可以請你喝杯咖啡。」

「薩莉亞不是飲料吧嗎？」

我聽見像在笑的吐氣聲。有點意外。原來他知道薩莉亞是飲料吧。

……我知道了，這傢伙也喜歡薩莉亞對吧？

× × ×

我在馬路旁邊的自動販賣機買了兩罐咖啡。

往旁邊看過去，路上有一整排汽車的車尾燈。橘色燈光和街燈相映成趣，明明天色已暗，我卻覺得四周還很亮。

我從自動販賣機的取出口拿出熱呼呼的鐵罐，用雙手拋來拋去，回到離馬路有點距離的公園。公園裡面感覺特別暗，可能是因為我剛剛才看到一排光的關係。

點亮黑暗的，是老舊的街燈。偶爾會發出嘰嘰嘰的聲音，忽明忽暗的白光，照亮兩張放在一起的長椅。

葉山隼人抬著頭坐在其中一張長椅上。

我好奇他在看什麼，跟著看過去，這裡比較顯眼的東西，就只有薩莉亞和用來過馬路的天橋。

在櫛比鱗次的民宅、餐廳、出租大樓中，這座公園儼然是塊空白區域，靜靜存在於此。

所以不時會有冷風吹過其中。

其實我本來想去薩莉亞，不過我看到本校學生的腳踏車停在薩莉亞的停車場。

上學騎的腳踏車會按照年級分配不同顏色的貼紙，學生必須將它貼在看得見的位置，因此一眼就認得出來。傷腦筋的是，那張貼紙的顏色是我們二年級生用的。

等等要跟葉山談的，是不太想被人聽見的內容。

薩莉亞自然被排除在選項之外，我們便來到附近這間公園。這麼開闊的場所，有人靠近馬上就會發現。聽說要密談的話，最好選在視野開闊的地方。

我走近長椅，葉山也一下就發現了。我握住罐裝咖啡溫暖手心，拉開拉環喝了一口。

葉山把咖啡拿在手中，過沒多久才跟我一樣打開來喝。

他輕聲嘆息，開口問我：

「……你想跟我談的，是那則傳聞嗎？」

「沒錯。」

我簡短回答，葉山苦笑著小聲說道：

「是嗎？我之前也說過，我能做的並不多。」

語畢，他微微一笑。街燈照亮那眉毛低垂的愧疚表情。

葉山會講什麼我大概猜到了。我沒打算拿這當理由責備他。

即使如此。

「嗯，我知道。可是，現在情況不一樣了。」

我面向他說，葉山驚訝地眯起眼睛，用視線叫我說下去。

「有人因為它挺困擾的……也有人實際受到影響。你的處境也差不多吧？可不可以幫個忙，處理好這件事？」

我用眼神徵詢他的意願，低頭拜託他。

葉山想了一下，笑出聲來，語帶調侃地說：

「這麼做是為了結衣？雪之下同學？……還是『外校的男生』？」

「別逼我說是為了你羞死人了。」

我馬上胡扯一句，葉山發出空洞的笑聲，把罐裝咖啡放到長椅上。

「她就是喜歡你這種反酸人的方式吧……」

這句話聽起來像是自言自語。我看不見坐在旁邊的葉山是什麼表情，映入眼簾的只有緊握的拳頭。

他突然鬆開拳頭，喝了口咖啡。

「想處理這件事的話，有更簡單確實的辦法吧？何必找我幫忙。」

「有些事情看似簡單，實則困難。聽過俳句沒？俳句就是因為只有短短幾個字才深奧。」

「……你的胡說八道最難纏的地方就在於聽起來好像有道理。」

我誇張地聳肩，葉山板起臉來。他嘆了一大口氣，調整坐姿，將身體轉向我。

「如果你要我幫忙，至少跟我講清楚……你不惜做到這個地步的原因。」

「啊？呃，我不是說了嗎？有人覺得很困擾。想處理這件事的話，由身為關鍵人物的你出面最快。具體辦法我還沒想到，但我需要你的發言力，或者說影響力。所以我才會來找你幫忙。」

我侃侃而談，幫剛才說的內容又補充了幾句話。

事實上，不管是要否定這個謠言，還是用其他謠言覆蓋過去，都需要傳播力。想抵銷自然發生的傳聞，必須有更強大的衝擊性。要訂正大家覺得好玩而到處傳播的假消息，比登天還難。

我快速說明原因，葉山的態度卻不怎麼積極。不對，說他態度消極更貼切。瞇細的眼睛如同高掛在寒冬夜空中的新月，閃爍冰冷的光芒，彷彿在判斷我有沒有說謊。

「不對，你只是在說明狀況。我想知道的是你的苦衷……你不惜向我低頭，也要處理這個問題的理由。」

「理由……」

我剛剛才講了一堆長篇大論，你還要我說什麼？話還沒說完，葉山便用手勢制止我。

「那終究只是謠言。現在純粹是大家正在興頭上，風波遲早會平息。我受到的負面影響也只是暫時性的。再說，我不認為被告白是負面影響……雖然這只是我個人的想法。」

他在最後刻意補上多餘的一句話，簡直像有人會因為被告白而受到損失。我下意識轉過頭，瞪著公園的一角。

「所以，沒有任何我該處理的問題。」

像在溫柔教育我的話語，在風中依然清晰可聞。

落葉被風吹得沙沙作響的聲音，宛如看不見的怪物在朝這邊逼近，令人非常不適。拜其所賜，我回話的語氣也變得尖銳一些。

「你想表達什麼？」

我忍不住咂嘴，換了一隻腳翹，煩躁地抖腳，把手撐在膝蓋上托著腮，斜眼瞪向他。

葉山卻毫不動搖。他直盯著我，慢慢開口。

「純粹是你把這件事視為問題……不對，是你想把這件事視為問題吧。」

「哈……」

脫口而出的聲音有什麼意義呢？是嘲諷他愚蠢的笑聲、回問他在說什麼鬼話的話語，抑或是因為他直指核心而發出的困惑的嘆息？

我不知道該如何延續這段對話，也扯不出笑容掩飾尷尬，發不出聲音，只能莫名其妙地動著嘴巴。嘴唇乾巴巴的，嘴角抽搐。

啊啊，被說中了。被看穿了。

跟高中生的戀愛關係有關的八卦並不稀奇。用不著看得那麼嚴重。

明知如此，我還將其視為問題。

硬找一個對一般學生的閒聊發火的理由。扭曲了三浦優美子叫我們好好處理的真摯話語。明明有發現海老名姬菜欲言又止的表情，還假裝沒看見。面對葉山隼人的問題佯裝無知，顧左右而言他。將平塚靜溫柔的教誨解釋成對自己有利的含意。為了自己，對一色伊呂波意味深長的呢喃充耳不聞。

我比誰都還要認真地告訴自己。

把這件事當成嚴重的問題，用誇張的詞彙玩文字遊戲，扭曲詞意，連累積在心中的獨白都加以偽裝。只為了掩飾那唯一一個對我不利的事實，口若懸河地說出不合理的鬼話，敷衍了事。

此時此刻，這一切都被看透了。

我用手遮住因羞恥而扭曲的嘴角，聲音顫抖，吐出斷斷續續的話語。

「這個說法真刺耳……假設，我是說假設，假設真的是這樣，那又如何？那個問題有什麼意義？」

我隔著遮住臉的手指瞪向葉山。

我自以為我的目光凶狠得可以射殺他，葉山卻若無其事，嘴角掛著爽朗的笑容。唯有眼神黯淡無光。

「只是想報復。沒什麼意義。」

「啥？」

這次我的語氣確實蘊含怒氣。如果我是昭和時代的人，搞不好會直接揍過去。然而，身為現代小孩的我不擅長用身體跟人溝通。也不擅長用語言跟人溝通就是了。豈止不擅長，不如說爛到爆。

或許是溝通技巧太爛的關係，我根本聽不懂葉山想表達的意思。

葉山喝了口咖啡，嘆著氣說：

「她一看到你就兩眼發光，笑得跟什麼一樣。你們還開開心心一起去買東西。我自然會想酸你幾句。」

「啥……呃，你在說什麼啊。」

「男人的嫉妒心很醜陋的。」

為什麼呢？他的聲音溫柔、口氣和緩、語調平穩，卻讓我覺得寒冷如冰。這句話主要是在自嘲，卻讓我覺得他在暗諷我。

「你沒有其他話要說了嗎？」

「啊……不是，就是，我在想要怎麼處理那個謠言。」

我好不容易擠出一句話。葉山點頭聽著，我剛講完就笑出聲來。

「那已經足夠了。」

他像要結束這個話題般斷言道，從長椅上起身。

「……稱不上問題。之前也是這樣。」

葉山低頭看著我，或許是因為背光所致，他的表情有股淡淡的哀愁。

「謝謝你的咖啡。」

他輕輕搖了下鐵罐，站起來走掉了。看來這個動作代表道別的意思。

我看著葉山消失在夜色中，過了一會兒。

我始終提不起勁站起來，坐在長椅上凝視天空發呆。

稱不上問題。確實如此。

那個謠言終究是暫時性的。情人節將近，登場人物高調又類型多變，所以更容易炒熱氣氛，剛好適合拿來閒話家常，僅此而已。告白什麼的也只是個人行為。因此，稱不上多嚴重的問題。

意即，這是。

——我的，我個人的問題。

× × ×

葉山離開後，我仍然在寒冷的室外呆站了一段時間。

好不容易有活動身體的意願，騎腳踏車的雙腿卻不聽使喚，花了比平常多一倍的時間才騎回去。

回到家的時候，整個人都凍僵了。

走進客廳，疲勞感瞬間湧上。不對，我一直都這麼累吧。純粹是之前沒有多餘的心力注意到。

今天真的好累……

我直接把書包扔在地上，搖搖晃晃走向沙發，倒在上面。連脫掉外套和圍巾的力氣都不剩。

拜暖氣所賜，凍僵的四肢逐漸開始恢復知覺，可是我的內心依然寒冷。所以，窩在暖桌裡讀書的小町呆呆看著我，我也沒什麼反應。

「哥，你怎麼了？」

「喔……」

我應了一聲，卻沒力氣採取更多行動。躺在這邊看著天花板發呆的醜態，想必很像瀕死的蟬。

「洗澡水燒好囉——」

「喔。」

洗澡嗎？洗澡啊。洗澡真不錯。泡進浴缸，大部分的事情都能忘記。然後在離開浴缸的瞬間想起不好的回憶。不過，至少泡進去的那瞬間是幸福的。要不要去洗澡咧……我腦袋在這麼想，身體卻輸給疲憊，動彈不得。

這時，黑影介入我和天花板之間。我轉動眼珠子看過去，小町擔心地觀察我的臉色。

「……你還好嗎？」

她邊說邊撫摸我的額頭，可能是以為我發燒了。不過光用摸的摸不出有沒有發燒。我的額頭被寒冬的夜風吹得跟冰塊一樣冷。

小町的手則暖呼呼的。八成是因為前一秒她還待在溫暖的暖桌裡。從手心傳來的熱度慢慢幫助我放鬆緊繃的身體。託她的福，我終於取回說人話的能力。

「喔喔，我沒事……只是，有點累了……」

「是喔，要不要先進暖桌？」

小町牽起我的手，把我拉起來。還順便幫我拿下圍巾，脫掉外套。受到妹妹無微不至的照顧，真不知道該感激還是該覺得自己沒用……

「抱歉，謝了……」

「嗯，沒關係啦。」

我牽著小町的手鑽進暖桌，結凍的情緒緩慢融化，其中一角化為言語脫口而出。

「……小町，我可能不行了。」

「突然講這幹麼……」

「這輩子，我留下了許多羞恥的足跡，卻從未像今天這樣為自己感到羞愧過。膽小的自尊心與高傲的羞恥心參雜在一起……………總覺得，我，遜爆了。」

「前半句話和後半句話的用詞差異好大……」

我無視為奇怪的部分感慨的小町，情緒開始一片片剝落。由於它至今以來都只是靠微乎其微的自尊心塗在表面掩蓋，劣化速度快得驚人。

說不定此刻正是閱讀《人間失格》、《山月記》這種青春期豪華套組的時機。大概會感同身受到爆。

平塚老師溫柔地開導我，一色推了我一把，我卻落得這副德行。還被那個葉山隼人看穿內心深處最醜陋的地方，被迫意識到自己有多麼膚淺。

身為人類，身為男人，沒有比這更丟臉的事。

連自身的矜持都不敢面對的我，到底還剩下什麼？

我不知不覺駝起背來，垂下肩膀。嘆息也擅自脫口而出。

「哥哥……」

小町語帶擔憂的聲音令我抬起頭。

她像要安慰我似的，展露溫柔美麗的微笑。

「你沒有自己想的那麼帥喔？」

「等一下。呃，對啦，是這樣沒錯……」

我知道！我知道！可是妳在這個時機講這種話，正常人都會難過吧？我悶悶不樂地看著她，小町又補上一句：

「啊，小町不是在說哥哥長得醜啦。畢竟又不只是長相。」

「我又不是在說長相……」

別打臉，要打就打我的身體。我委婉地將論及長相列為禁卡，小町點了下頭，精準命中要害。

「哥哥醜陋的是性格，不如說人格。你做的事大多滿噁心的。」

「妳把我講得一無是處……」

真該把攻擊人格也列為禁卡。好吧，對妹妹訴苦，期待她安慰自己的哥哥確實很遜，噁心到不行，被說成這樣也沒辦法。哥哥沒救了……我陷入更嚴重的自我厭惡之中，小町清了下喉嚨。

「可是，也有哥哥這種人才做得到的事……所以。」

她邊說邊從暖桌裡伸出手，把書包拖過來，拿出一個東西塞給我。

「給你！普雷曾特佛優！」

她自己拍手歡呼得很高興，用超爛的英文發音說道。小町送我的，是一包用玻璃紙包裝袋裝著的餅乾。

除了星星和愛心，還有熊、貓、小熊貓等動物形狀的糖霜餅乾。不是碎掉就是有缺口，形狀參差不齊，但每片餅乾都不一樣，光看心情就會變好。其中只有格紋圖案的餅乾做得特別好。

「這該不會是……」

我仔細觀察，小町豎起食指，宣布正確答案。

「沒錯！是手作餅乾！」

「喔喔！」

可愛的妹妹做的餅乾，真是太棒了……我感動得顫抖不已，小町卻輕描淡寫地補充：

「不是小町做的。」

「咦咦……什麼啦，好可怕。那是誰做的……好可怕。」

陌生人的手作餅乾太恐怖了吧……上一秒我還覺得這是再美妙不過的禮物，現在卻一口氣成了特級咒物。

「沙希姊姊和京華。說是上次的回禮。哥哥之前不是聽大志傾訴過煩惱嗎？」

「啊……」

經她這麼一說，我想起來了。川什麼的同學的弟弟川崎大志拿有事問我當藉口，跑來我們家……當時我有講幾句類似建議的話，真沒想到她們會特地回禮。我和川崎固然會在學校見面，總是不太方便親手送給我。透過大志和小町轉交是明智的抉擇。但我猜她八成只是會難為情，才避免跟我有交流！

我重新觀察了一遍，圖案工整的格紋餅乾感覺做得特別認真，推測是川崎做的。用糖霜畫了動物的餅乾，大概是出自京華之手。

可愛的妹妹做的餅乾，真是太棒了……京京一定很努力……我好高興……

我深受感動，小町也感慨良多地點頭。

「哥哥給的建議好像給了大志很多啟發。這是哥哥才做得到的事。」

被她這樣一誇，我有點害羞，不由得謙虛起來。

「唉唷，我也沒給什麼有用的建議……」

「不意外。」

「不意外？」

嗯嗯～妳怎麼這樣說咧～在我扭來扭去的期間，小町又講出一句更令人在意的話。

「哥哥又遜又丟人，不過你偶爾會滿努力的。所以才會莫名有說服力吧？小町猜的啦。」

「喔、喔……」

「有在關心你的人，都會看在眼裡。」

這番話宛如諄諄教誨，小町揚起嘴角，有點驕傲地望向手作餅乾。彷彿在告訴我，這袋餅乾正是我用遜爆了的方式努力至今，得來的證明及勳章。

「這樣啊。說得也是……」

某方面來說，這或許也是一種互惠原則。

人類從別人那裡得到什麼時，會覺得必須回報對方。不僅限於物品，心意及行為也包含在內。

既然如此，我也要針對自己收到的心意，給予相應的回報。

我下定決心，爬出暖桌。

「嗯，好。我去洗澡。」

「好的──」

小町揮揮手，看著我離開後繼續埋頭念書。

不愧是世界之妹。

託她的福，我覺得自己取回了差點丟失的自身的矜持。小町的大恩大德就花一輩子來報答……

除了她以外，還有必須回報的人。

8 舞臺準備就緒，吹響開幕的號角。

一、二年級的男女學生，聚集在馬拉松大賽的起點——海濱公園。男生的路線是從這裡沿著海邊的步道跑，在美濱大橋折返。

路程很長，超長的。數學爛的八幡小弟弟不會算總和比三大的算式啦！

可是對我個人來說，不管距離長達幾公里，要做的事都不會改變。

老師宣布整隊後，眾人便慢吞吞地排到起點的白線後面。

我跟盲鰻一樣鑽來鑽去，混進最前面的人群。想不到大家這麼乾脆就為我讓路。

僅僅是校內的馬拉松大賽。不是大規模的活動，也不會影響成績。沒幾個人會對逼學生在寒風中跑步的活動幹勁十足。

唯有那號人物例外。

背負連勝使命的葉山，照理說不能跑出太差的成績，也不能明目張膽地放水。

葉山站在起點的最前面，跟我隔了幾個人。用賽車來譬喻，就是所謂的杆位。

葉山站在那伸展身體，在旁邊守著他起跑的女生立刻歡呼。

女生的起跑時間晚男生半小時。在那之前，她們好像會幫男生加油或觀賽。

葉山輕輕揮手回應歡呼，視線前方是跟騷動不已的女學生保持一段距離的三浦。

三浦只是低調地不停偷看這邊，或許是被周圍的女生嚇到了。旁邊是海老名、由比濱，雪之下則站在離她們一步遠的地方。

這時，一色也來了。

看到一色，三浦愛理不理似地點了下頭，一色也對她輕輕低頭，視線在三浦和葉山身上來回移動，對她露出得意的笑容。

她把手放在嘴邊，吶喊道：

「葉山前輩加油——！……啊，學長也順便。」

葉山聽了苦笑著揮手，不知為何，站在稍遠處的戶部也用響亮的吆喝聲回應。

「喔——」

「呃，不是在跟戶部學長說話啦。」

一色邊說邊揮手否認。默默旁觀的三浦下定決心，深深吸氣，在吐氣的同時大喊：

「隼、隼人……加、加油！」

經過控制的音量小到會被其他歡呼聲蓋過，葉山卻默默抬手，露出穩重的微笑。

三浦神情陶醉，緩緩點頭，一句話也沒說。

旁邊的一色滿意地看著兩人，重新面向這邊。

「……學長也加油喔——！」

這次她似乎是對我說的。

喔、喔……那傢伙為什麼死都不肯叫我名字……是不記得嗎……我心生疑惑，這時呆呆看著一色的由比濱上前一步。

她也跟著對我揮手。

「加、加油——！」

或許是顧慮到其他人，她的音量跟一色比起來小挺多的，我卻聽得一清二楚……幸好沒叫我名字。感謝您在這種情況下如此貼心。

我懷著謝意，低調地舉起手，由比濱握拳回應。接著，我和她旁邊的雪之下對上目光。雪之下也輕輕點頭，一語不發。她的嘴角隱約動了下，但我聽不見她的聲音。

不曉得她說了什麼。也不曉得是對誰說的。

不過，嗯，我鼓起幹勁了。

那我就加油吧……

我擠到更前面，和葉山一樣站到起跑線的最前面。葉山沒有看我，只是看著前方。

我活動肩關節，伸展阿基里斯腱，一步步逼近葉山。

途中有幾個人對我咂嘴，或者面露不耐，我在內心對他們說「抱歉囉嘿嘿☆」好不容易擠到葉山旁邊。

他正在跟旁邊的戶部一行人聊天，發現我站到旁邊後，對我展露柔和的微笑，詢問我的來意。

我搖搖頭，凝視前方。

比賽快開始了。不用看公園的時鐘都知道。

在後面擠成一團的男學生的聲音慢慢安靜下來，此起彼落的女性歡呼聲也變小聲了。

大家一閉上嘴巴，就有人朝畫在地上的白線走來，彷彿在等待這個瞬間。

「好，都準備好了吧？」

拿著發令槍指向空中的，是平塚老師。

怎麼會是平塚老師……通常都是由體育老師負責啊。這個人又──想做這種引人注目的事了。還是她只是想開槍？

平塚老師高高舉起發令槍，用另一隻手摀住耳朵。她的手指一放到扳機上，男生便面向前方，女生則屏息以待。

過了數秒，平塚老師緩緩開口。

「各就各位……預備──」

下一刻，扳機扣下，槍聲響徹四方。

我們一同飛奔而出。

先慢慢跑就好，當成暖身運動。當下的目標是跟上葉山。

然而，排在旁邊的人大多都以全速奔跑，比賽剛開始就迎接高潮。

原因八成是閃個不停的閃光燈。馬拉松大賽不知為何有攝影師在一旁待命，好像是要用來做畢業紀念冊還是幹麼的。只在前面數十公尺拿出全力，搶著入鏡的白痴不計其數。是想藉此炫耀「我有跑在第一過喔！」吧。男生怎麼這麼愚蠢。

那些人大部分都在起跑時拚上了性命，很快就耗盡力氣。

所以，勝負要從穿過公園，進入步道時才開始。

忙著搶第一的人速度都慢下來了，我輕快地閃過他們，一步步和跑在最前面的葉山拉近距離。

戶塚告訴我，葉山在上一屆馬拉松大賽全程位居第一。這次他同樣一開始就領先所有人，應該是想把其他人狠狠甩在後頭。

我混在前段班之中，跟他跑了一會兒。

除了帶頭的葉山，後面的人通通擠成一團，不過不愧是前段班，每個人都面向前方，默默奔跑。幾乎確定名列前茅的他們，不可能在比賽剛開始時被打亂步調。

然而，在那群人之中只有一個人被排擠，請問是誰呢？

哈哈是我啦——！這個問題會不會太簡單？

總是被排擠的我，在前段班之中也自然而然被排擠在外。別說擠進前面的排名，我連跑完都不抱期望。

所以，我能跟他們用截然不同的邏輯戰鬥。

「葉山。」

我邊走邊呼喚他，其他人錯愕地轉頭看我。葉山本人也很意外的樣子，瞄了我一眼。

我抓準他步調被打亂的瞬間跑上前，站到葉山旁邊。

「我還有話要跟你說。」

我邊講邊抬起下巴，指向前方，然後像換檔似地加快跑速。

跟我來。我揚起嘴角對他示意。葉山愣了下，發出比平常低幾度的笑聲。

「……就聽你說說吧。」

語畢，他加快速度，轉眼間追上我，甚至直接從旁邊跑走，迅速跟前段班拉開差距。其他人只是呆呆看著葉山，沒人試圖跟上。

這樣就好。現在只要能讓我和葉山獨處就好。

我瞪著跑在前方的葉山的背影。

舞臺準備就緒。

我的——只屬於我和他的對話，即將揭開序幕。

× × ×

海風使臉頰凍得發僵。從內側溢出的熱氣接觸到冷空氣，為肌膚帶來陣陣刺痛。

每當鞋底踩在柏油路上，衝擊便會傳達到身體深處。

無法判斷耳邊的嗡嗡聲是風聲還是身體活動的聲音。兩種聲音逐漸混在一起，變成熱氣從口中呼出。

我氣喘吁吁，聞到海水的氣味。

種在沿海道路的那些樹，大概是防沙林。出發地點有很多松樹，但那樣的景色已然流逝而去，現在只看得見形似白骨的枯木。

大腦不用思考，雙腿也會向前跑。宛如沒有自我意識，不停輸送血液的心臟。心跳及步調在互相競速。

跑步的期間，零散的思緒浮現腦海，又消失不見。

幸好我是騎腳踏車上學。否則我這個非運動社團的人八成跑不了多久。我不至於不擅長長跑，跟其他項目比起來，反而算擅長的種類。我猜是因為這種運動一個人就做得了。不會給別人添麻煩，有明確的終點。只要放空腦袋，想著沒意義的事，跟機器一樣移動雙腿即可。

今天的馬拉松卻不太一樣。

比平常更難熬。

因為我跑得比上課時還快。氣溫又比之前更低，還在颳風。昨晚我想了一堆事，有點睡眠不足。

這些都是理由。

不過，最主要的理由是緊跟在我旁邊的葉山隼人。

葉山不愧是足球社的，看起來毫不疲憊，按照自己的步調跑著。上半身沒有多餘的晃動，下半身穩如泰山，可以說是優美的姿勢。難怪他去年冠軍。

相對的，我面部朝上，完全沒在節省體力，雙腿卻開始不聽使喚。一稍微慢下來，葉山就像要對我施壓似地放慢速度，重複這一進一退的過程。不久後，葉山大概是不忍心看我累成這樣，率先打破沉默。

「離這麼遠夠了吧。」

「是啊……」

現在確實是不錯的時機。我喘了好幾口氣，接著說：

「關於那個傳聞。想處理就要趁今天。因為全校的學生都在。」

「我說過那不構成問題了。如果你無論如何都要我幫忙，就該跟我說明原因。」

葉山大氣都不喘一下，我則用斷斷續續的聲音回答：

「有問題。對我來說是個大問題。」

我只說了這句話，稍微加快跑步的速度。將注意力放在變重的腿上面，抬起雙腳，跑在葉山的數步前，回過頭。

「我不喜歡。」

葉山露出相當驚愕的表情，瞬間絆了一下，以他來說還真難得。可是，他很快就掩飾過去，從後面追過來。

「……你竟然會講這種話，真想不到。」

他愉悅地露出爽朗的笑容，靠到我旁邊，彷彿在叫我繼續說下去。

「我不喜歡那種不負責任亂講話的人。搞小團體自以為勝利組，擺出一副高人一等的態度，也很讓我不爽。」

我吐出從那個謠言傳開後，一直如鯁在喉的話語。這種理由多少我都講得出來。然而，葉山像在測試我的眼神依舊銳利。我想也是，你想聽的不是這種偽裝成一般看法的藉口。我明白。

「……更重要的是，我覺得被那種謠言搞到心神不寧的自己噁心到不行。光聽見告白什麼鬼的就想吐。不希望這種事發生的自己，膚淺到害我反胃。」

喉嚨太乾害我聲音沙啞，儘管如此，我還是勉強擠出這句話，將卡在比喉嚨更深處的地方，一直悶在胸口的情緒傾倒而出。

「打個比方就是……跟難得有機會一起出門，卻只能默默看著對方跑去跟別人購物的心情很接近。」

我揚起一邊的嘴角，對他投以嘲諷的笑容。

「是嗎……」

葉山從我身上移開視線，面向前方。臉看起來有點臭。他維持那個表情開口。

「……比企谷，只要表明你的想法不就得了？不需要找我幫忙。你……你沒必要採用那種手段。」

就知道你會這樣說。

我不禁苦笑。

仔細一想，葉山隼人始終如一。經常走在正確的道路上，背負眾人的期待，當一個回應他人期望的人。

只有在特定的某方面上，能夠窺見不符合陽光聖人君子形象的黑暗執著心。有時甚至會顯露極度邪惡、醜陋的一面。

葉山問我的不是誰都會講的常理，不是抨擊他人的大道理，更不是我宣揚的歪理。

葉山想聽的，不是我的說法。

而是透過我的說法看見的某人的說法。

我強行壓下紊亂的呼吸，忍著胸口的悶痛扯出扭曲的笑容。

線。

「很像你會給的答覆。」

跑在旁邊的葉山聞言，肩膀一顫，停下腳步，對我投以令人不寒而慄的冰冷視線。

我喘著氣用手撐著膝蓋，努力吸氣、吐氣，拭去滴下來的汗水，故作從容。

「站在一般人的角度來看，應該會覺得你是正確的。不過，僅此而已……什麼事都辦得妥妥當當的人，一點意思都沒有（註32）。」

我笑著說出曾幾何時，那個人對葉山隼人的評價。

「你什麼意思？」

葉山瞪著我的眼神明顯蘊含怒氣，語帶不耐。咄咄逼人的態度，跟平常穩重的口吻判若兩人。

我輕輕聳肩。

「你叫我表明想法就好，那你呢？講完就沒了？你的感情這樣就能說明清楚？一句話就能說服人嗎？」

最後，我用力踩下特大號的地雷。

「……你是那麼平凡、無趣的人嗎？」

註32 語出主線第八集第五章雪之下陽乃。

雪之下陽乃肯定會這麼說。搬出其他標準，對葉山提倡的正確做法打迷糊仗。還會故意採用當事人最不想聽見的說法，這就是雪之下陽乃的作風。正因為我屢次被她搞到無言以對，才能輕易模仿出來。

葉山撩起頭髮拭去汗水，望向海邊，苦悶地用微弱的聲音呢喃。

「你這種說法真惹人厭……」

「只是想報復。」

我盡可能地假裝冷靜沉著，但我沒他那麼陽光爽朗，只能以嘲諷的笑替代。以牙還牙。這也是互惠原則。復仇在我。

你戳中了我最大的痛點，所以你也嘗嘗我的痛苦吧。

「它可沒有簡單到能用華麗的詞藻說明。所以，只能狼狽不堪地持續掙扎……雖然我不認為你可以理解。」

「嗯，無法理解。但我可以體會……有種感同身受的感覺。」

葉山嘆出口的氣，分不清是無奈抑或心死。

我們身處的環境、境遇、狀況相去甚遠，唯有天不從人願的心情能夠共同體會。

「她或許也是吧……」

「啥？」

我聽不懂這句話的意思，正想回問時，身後傳來輕快的腳步聲。轉頭一看，位居第二的團體中，有幾個人正在接近這邊。八成是看到我們停下來了，試圖一口氣超前。

雖然我被超車完全不會怎麼樣，葉山好歹背負著連霸的使命，不能一直耽誤他的時間。

我重新望向他，以迅速得出結論。

「所以，你意下如何？我都說明完原因了，你會幫忙吧？」

「我可沒這麼說過。」

「再吵下去沒完沒了。算了算了。討論今後要怎麼做更有建設性。」

「是啊，在這邊跟你講話實在太沒建設性。」

葉山輕輕活動肩膀，檢查身體狀態，或許是決定好了暫時的行動方針。

「不是沒辦法。前提是我要贏得冠軍。」

「啊，是喔……那你會贏嗎？」

由於我是勉強跑到這裡的，又停下來過一次，我的腿已經動彈不得，但葉山看起來並非如此。

「沒問題。」

葉山頭也不回，甩動雙手伸展了一下，露出得意的笑。

「我會贏……我已經做好覺悟。」

「喔，覺悟啊……」

他用了意外沉重的詞彙，令我有點在意，這時葉山瞥向我。

「你呢？」

別特地問啦，看就知道了吧。我喘了一大口氣給他看，以代替回答。

「……你可以先走。」

「是嗎？那我就不客氣了。」

葉山聳聳肩膀，看起來並不覺得遺憾。

「敬請期待頒獎典禮的時候。」

他懷著堅不可摧的信心笑道，拔足狂奔。

步伐轉眼間從慢跑變成疾馳。

我沒有追上他的餘力，只能眼睜睜看著他跑走。

可惡，這傢伙怎麼那麼帥。看到那樣的英姿，會害我一反常態地覺得自己也必須認真跑到最後。

勝負和其他瑣事變得無關緊要。

只是莫名想要跑步。我懷著這股衝動往前方移動雙腿，結果右腳不小心踢到左小腿。

我一個踉蹌，當場摔倒，直接躺在地上仰望藍天。

「……果然沒辦法做得像葉山一樣。」

白色的嘆息，融進冬天萬里無雲的晴空。

× × ×

結果，不管我摔倒還是躺在地上，馬拉松大賽一樣照常舉行，沒有變更計畫。

我維持癱倒的姿勢一段時間，被戶塚拉起來。我不好意思給他添麻煩，便叫他先走，自己拖著痛到不行的腿勉強跑完全程。

儘管不至於最後一名，最後衝刺時我混進了墊底團體之中，只有抵達終點的那瞬間拿出吃奶的力氣，甚至反射性詢問身邊的人「已經可以抵達終點了吧……？」（註33）。順帶一提，只有最後跟我一起跑的材木座回答我。

註33《AIR》的女主角神尾觀鈴的臺詞。

跑完，我的腿抖到像笑得不停發抖的人，此乃真正的微笑小香香（註34）……

我無力地倒下，檢查身體狀態，發現自己現在真是狼狽不堪。

膝蓋和小腿破皮、短褲髒兮兮的、屁股附近的肌肉在抽筋、側腹痛得要命，要找到不會痛的部位還比較難。我本來就是個慘不忍睹的人，原來還有辦法更加慘不忍睹。受教了（慘不忍睹）。

假如我沒在途中「加油♡加油♡」為自己打氣，我的生命值想必早就歸零。

當然不可能有人在終點等我。

不如說，只有一個體育老師待在終點附近做做樣子，其他人好像都在公園的廣場。

我走去那邊看，正好在舉辦頒獎典禮。

區區的馬拉松大賽本來並沒有頒獎典禮，從司儀是一色這一點來看，八成是學生會緊急策劃的。那傢伙比想像中還會做事。一色伊呂波，後生可畏。

「那麼──結果也公布完了，我們請冠軍上臺致詞！」

一色握緊疑似從學生會辦公室帶過來的麥克風，喜孜孜地用興奮的語氣說話。配合她的音調調整音響音量的副會長，看起來有點好笑。

註34《Love Live!》中的角色矢澤日香的招牌臺詞。

環視周遭，許多學生都聚集在公園的廣場，不分年級不分性別。由比濱、三浦、海老名、戶部、戶塚等班上的人也在。

我隔著一段距離旁觀，一色呼喚冠軍的名字。

「歡迎冠軍葉山隼人同學上臺——！」

葉山戴著桂冠，走上臨時搭建的講臺。觀眾立刻歡聲如雷。那傢伙真的贏了啊……

「葉山學長，恭喜你——！我就知道你一定會贏！」

「謝謝。」

一色毫不掩飾她的偏心，葉山以穩重的微笑回應。

「那麼，請分享一下現在的心情。」

葉山剛接過麥克風，臺下就掀起掌聲、口哨聲、「隼・人・第・一」的吆喝聲。戶部那傢伙在那邊「嘿咻」、「唉喲」、「哼哼哈哈」叫來叫去，煩死了。

葉山帶著靦腆的笑容對大家揮手，開始致詞。

「比賽途中我有差點撐不下去過，多虧幾位好對手和大家的聲援，才能順利跑完全程。謝謝大家。」

他流暢地說完謝詞，其他人紛紛獻上如雷的掌聲。

司儀一色也邊歡呼邊拍手，提出下一個問題。

「你有想將這份喜悅分享給誰嗎？」

一色在講話的同時拚命指著自己。燦爛的笑容及有趣的動作，逗得觀眾接連失笑。

「我想想……首先是伊呂波。」

葉山穩穩接住一色拋的球。一色在臺上害羞地尖叫，觀眾大聲歡呼。

葉山停頓片刻，等大家安靜下來後，在觀眾群中找到三浦，用力揮手。

「還要特別感謝為我打氣的優美子。謝謝妳們兩個。」

這句話讓歡呼聲的音量又提高一個等級。大岡在吹口哨，大和拚命拍手。至於當事人三浦，被葉山叫到名字時，她先是驚訝得僵在原地，然後害羞地扭動身軀，紅著臉低下頭。海老名拍拍三浦的肩膀，笑容可掬。

看到葉山溫柔的視線和兩人的反應，觀眾紛紛交頭接耳起來。原來如此，終結謠言的手段是這個嗎？當著觀眾的面刻意暗示，確實是冠軍才能用的做法。

我佩服地看著，葉山又輕描淡寫補上一句：

「啊，還有一個人，就是陽乃小姐。可惜她不在場。」

觀眾一陣騷動。

我也是其中一人。你認真的嗎？怎麼突然講這個……原來你叫我期待的是這個……

連稍微被預告過的我都目瞪口呆。司儀一色眼睛眨個不停，為出人意料的發展愣在那邊。副會長急忙衝上臺。

「那、那麼最後請再跟大家說句話！」

多虧副會長賣力的救援，冠軍致詞環節才能繼續。

「今後我會先專注在社團活動上，為我們最後的比賽努力……還有，今天的比賽，足球社有許多成績不能看的人，我會好好重新訓練你們，做好心理準備吧。」

葉山對戶部他們所在的方向露出散發殺氣的笑容，戶部哀號著倒向後方。

「隼人——不是吧——！你要先講啊——！」

戶部發出不輸給麥克風的音量，以足球社為中心的學生捧腹大笑，笑聲逐漸擴散開來，稍微拭去剛才的驚愕及困惑。

臺上的一色猛然回神，為這段採訪收尾。

「好、好的，非常感謝——恭喜冠軍葉山隼人同學——掌聲鼓勵……冠軍以下的名次就不用了吧——？」

一色趁掌聲大作的時候向副會長確認，那句多餘的話完美被麥克風收音到了。

那傢伙在搞什麼啊……

正當一色試圖幫自己的失言找臺階下時，走下臺的葉山跟三浦一行人聊得有說有笑。然而，所有人頭上都冒出一個問號。我想也是……大家都陷入「陽乃小姐是誰啊」狀態……畢竟大部分的人應該都沒見過陽乃。

見證完全程，我離開公園的廣場。

走出廣場時，不小心撞到同樣準備離開的人潮。從他們她們口中傳出的，是無意義的閒聊。

我側目看著左一句「陽乃小姐是誰」，右一句「葉山同學和三浦同學感情果然很好」的那些人，搖搖晃晃地拖著腳離開。

「好痛……」

我找了塊適合休息的路緣石坐下，掀開體育褲一看，皮膚磨破了。傷口慢慢滲出血液，光看就覺得痛。洗澡時肯定會痛到爆。

哇——好痛的樣子。我一副事不關己的態度，戳了下傷口，說著「唔喔——痛死了——」這種廢話，聽見有人在跑向這邊。拜那吵雜的腳步聲所賜，我一下就聽出是誰。

「自閉男。」

我看。

「喔喔。」

由比濱小跑步跑過來，呼吸有點急促。她喘了一大口氣，拎起手中的急救箱給

「隼人說你受傷了……」

「啥？那傢伙怎麼知道？」

「咦……你們不是一起跑的嗎？隼人說的。」

由比濱詫異地歪過頭。

我的確有一段時間跟葉山一起跑，但只有剛開始而已。重點在於，我跌倒是在跟葉山分別之後。他怎麼會知道……啊！難道隼人同學是超能力者!?唔唔。

我胡思亂想一通，由比濱蹲下來打開急救箱，從中取出一堆道具。

「好了，自閉男，把腳伸出來。」

她拍拍地面。

「呃，這點小傷不用——」

話還沒講完，蹲在我面前的由比濱鼓起臉頰，抱著雙膝，抬起視線瞪了我一眼，一語不發。看來沒有討價還價的餘地。

事已至此，只能乖乖伸出腳……有部分也是因為真的很痛，我想至少包紮一下。

「……不好意思，那就麻煩妳了。」

「嗯！」

由比濱不知道在高興什麼，充滿活力地點頭，哼著歌迅速取出醫療用品。消毒液、繃帶、藥膏、貼布。還有BAND-AID、CUTBAN、Sabio……呃，這些全是OK繃耶。貼布和藥膏又是拿來幹麼的？

我感到擔憂，由比濱首先把手伸向消毒液。她緩緩拿起消毒液，不知為何為自己打氣。

「嘿。」

消毒液伴隨滑稽的吆喝聲噴出，宛如船梨精使用的梨汁噴射，直接命中我的傷口。

「好痛！好痛！滲進傷口了滲進傷口了滲進傷口了！我說，妳會不會太粗魯了？」

「咦？」

由比濱面露疑惑。妳這個反應有問題吧。為什麼會一臉採用這種狂野又粗暴的做法才正常的表情？怎麼？妳在戰場當過醫生嗎？妳是怪醫某某傑克嗎？

「啊，對不起。很痛嗎？」

「嗯，超痛的……」

由比濱愧疚地低頭梳理丸子頭，我把她晾在一旁，往傷口吹氣。這個行為沒什麼意義，純粹是有種這麼做會比較不痛的感覺。嗚嗚，真的好痛……我眼泛淚光，由比濱則垂頭喪氣的。

「對、對不起喔。我會溫柔一點。」

「沒關係……妳幫我處理傷口，我已經很感謝了……」

由比濱聞言，抬頭展露微笑。接著用鑷子夾起脫脂棉，小心翼翼開始輕壓傷口。每當她用笨拙的動作塗抹消毒液，就會傳來被小狗輕啃般的痛楚。不只是腳，體內某處也有一陣酥麻感擴散開來。

我將目光從傷口上移開，以轉移注意力。

眼前是蹲在正前方的由比濱。她神情嚴肅，嘴巴抿成一線，直盯著傷口努力用繃帶包紮。

她可能不太習慣。丸子頭隨著纏繃帶的動作晃來晃去，洗髮精和古龍水的味道乘風竄入鼻間。

我沒有跟她交談，只是任憑擺布，看著她的一舉一動。在她纏繃帶的期間，粉嫩的嘴脣輕快地哼著歌。水汪汪的大眼散發光彩，不曉得在高興什麼，但她突然不安地眨了下眼，勾勒出可愛弧線的眉毛垂成「八」字形。最後，她用纖細的手指將垂下來的一綹淡粉色髮絲勾到好看的耳朵後面，彷彿要掩飾冷汗。

光看她的表情變來變去就很有趣，沒有交談也不會無聊。

由比濱如同一隻被罵的小狗，用缺乏自信的眼神仰望我。我好奇她犯了什麼錯，望向纏好的繃帶，那裡打了一個歪七扭八的結，變成乍看之下看不出這是哪門子打結法的莫比烏斯環，又鬆又皺。

「啊、啊哈哈……抱歉，我好像不太擅長這種事……」

嗯，我大概有猜到。這孩子也不擅長做菜……該怎麼說，她明明懂得為別人考慮一些小事，有時候卻會超級隨便。

「對、對不起喔？小雪乃應該能弄得更好，但她中途棄權了，現在在保健室。」

由比濱擔心地望向學校的方向。不愧是雪之下，體力還是一樣差。

「……是喔。沒關係，這樣就好……謝啦。」

我拍拍繃帶說道。扭曲、笨拙、糾纏不清的傷痕。挺適合我的勳章。

然而，由比濱看似對這個成果並不滿意，站起來朝我伸出手，彷彿要彌補自己的過失。

「那……我幫你。」

她輕輕撫上我的肩頭，抓住我的手臂想扶我起身。她突然靠近，害我嚇了一跳，反射性站起來。

「呃，不用扶我……我一個人走得動……」

「可是你受傷了……」

由比濱依然抓著我的運動服。

「我流了一身汗，又那麼髒。」

不如說我的汗水現在也在蓄勢待發。靠近我之前請說一聲……這樣我就能事先拉開距離。

不過我一遠離她，由比濱就又往我身上靠。

「我不介意啊……」

「我會介意……而且又不是多嚴重的傷勢。所以不需要。」

我盡可能放輕動作，將她的手從運動服的袖子上拿開。由比濱嘟著嘴皺起眉頭，左右甩動另一隻手中的急救箱。

「嘿。」

她發出傻裡傻氣的吆喝聲，用鐘擺式打法敲中我的傷口。

「好……痛……」

我停止呼吸了一瞬間，在吐氣的同時痛苦呻吟，由比濱微微一笑，強行抓住我的手臂，往她的方向拽。

「果然會痛。」

「廢話，幹麼？為什麼要攻擊我？」

她沒回答我的問題，拖著我邁步而出。從剛才的暴力行為推測，我是不是只能照她說的做？……就當成這樣吧。

我乖乖被她拉著走向學校。

被三浦和一色從兩側包夾的葉山，從我們前面經過。

葉山瞥了我一眼，在與我四目相交的瞬間微笑著輕輕點頭。

你那什麼眼神。少用溫暖的目光看我。我稍微抬起下巴，叫他快點滾開。葉山輕輕吐出一口氣，似乎在忍住苦笑。

身邊的人視線都集中在中心人物葉山身上。可是，偶爾也會有人好奇地偷看我和由比濱。

我因此異常焦躁，心律不整。心臟跳得比跑馬拉松的時候還快，甚至聽得見心跳聲。

「欸，自閉男。」

聽見她的呼喚，心臟又用力跳了一下。

我沒有轉頭看近在身旁的由比濱，只用呼吸聲回應，由比濱壓低音量說道：

「那個八卦……我也想做點什麼……我想說這樣的話……大家是不是就會忘記隼人的八卦了。」

「……或許吧，可是會傳出其他八卦喔？」

我努力控制快要走音的聲音，由比濱搖搖頭。

「沒關係。」

「有關係……溫柔對待傷患是值得讚許沒錯，但也要看時間及場合吧。」

「我又不是基於義務才對你溫柔……」

我委婉地提醒她，由比濱微微歪頭看著我。

我和她之間的距離，近到臉頰差點相碰，雙方的呼吸交織在一起。水汪汪的眼睛垂下目光，臉泛紅潮。

總是期待，總是誤會，不知不覺間放棄了心懷希望。

所以，我一直不喜歡溫柔的女生。

——不過不溫柔的女生，我並不討厭。

× × ×

強風撲面而來，彷彿要吹散海水的氣味。

冷風從高山吹往大海。

一月底的冷空氣，幫滾燙的臉頰降低了溫度。

馬拉松大賽結束，見證完突如其來的頒獎典禮後，我和由比濱從比賽會場海濱公園走回學校。

若是平常，我八成不會受到任何人的影響，立刻閃人，看都不看以葉山的完全勝利為比賽拉下帷幕的頒獎典禮。不會產生多餘的感傷。

可惜事與願違。

愚蠢的我在馬拉松大賽中受傷，讓由比濱幫我包紮傷口，演變成被她扶著走路的情況。

我們靠在一起，走向學校。

從旁看來有點羞恥，我的視線一直飄來飄去。有點重的急救箱現在被我拿在手中。我重新握緊黑色的塑膠把手，不經意地望向行道樹。

樹葉掉光的樹梢，看著都覺得冷。

吸進汗水的體育服，逐漸奪走我的體溫。

寒風從身旁吹過，想必已經凍得通紅的耳朵傳來刺痛感。

用舌頭輕觸嘴唇，明顯感覺得到乾燥的風把嘴唇吹得乾巴巴的。

五感都在訴說著嚴冬的空氣有多麼寒冷。

不會被任何人碰觸，也無法目視的部位，卻開始湧現一股熱流。

我嚥下無味的唾液，為從臉頰旁邊傳來的芳香吸了下鼻子。

令人害臊的沉默持續至今。

傳入耳中的只有苦惱的嘆息。無法分辨是出自我口中還是她。嘆氣的時機重合時，我們不禁面面相覷。

「啊哈哈……」

由比濱臉上浮現羞澀的笑容，或許是想用來掩飾跟我對上目光的尷尬。可以的話，我也好想靠笑容緩和氣氛。可惜我沒點那個技能。奇怪……聽說微笑這點小事誰都會啊……

做為替代，我撐開沉重的嘴唇，打算講點無聊的話題轉移注意力。

「……那個，就是。」

聽見我無意義的呢喃，由比濱面露驚訝。抓住我手臂的力道變重了一些，等待我說下去的氣氛有那麼一點緊張。

體溫隔著布料傳來。

清楚地感覺到那股溫度，害我把想說的話忘得一乾二淨。

「……今天真的好冷。」

所以，我只有把浮現腦海的話語說出來。雖然同樣沒什麼意義。

「嗯、嗯……對呀。」

因為這句話太沒意義，由比濱不知道該作何反應，回話回得不清不楚。

不過，揪著運動服袖口的力氣像突然脫力似地放鬆了些。

對話到此中斷。

沉默再度降臨。

不是無聲，而是無言。

無法判斷細微的呼吸聲中蘊含何種情緒。來自體內的撲通聲過於響亮，導致我有點聽不出來。

正當我擔心自己的心跳會不會被由比濱聽見時，凜冽的北風吹在身上。

從領口及袖口鑽進來的冷空氣，害我忍不住瑟縮了一下。

「好冷……」

抱怨脫口而出。由比濱也點頭如搗蒜，熱烈贊同。

「真的好冷。哇——！風是冰的！」

由比濱冷得發抖，往馬路——也就是我這邊靠近了半步左右。

「喂，別拿我擋風好嗎？」

「可是，好冷……」

她邊說邊抬頭看我，表情跟被綁在超市前的小狗有幾分相似。被用這種表情凝視，我實在不好意思遠離她，只能發出不甘願的咕噥聲。

「……是很冷沒錯。」

「嗯，好冷喔。」

我故作正經地點頭，由比濱臉上漾起微笑。

今天真的好冷。

氣溫恐怕跟昨天差不多。

可是，感覺起來特別冷。

我之所以開始覺得冷，大概是因為接觸到了溫暖。

……嗯，好冷喔。

所以像這樣靠在一起走路，也是無可奈何。

× × ×

我們並肩而行的距離撐不上長。

從海濱公園到校舍，走路只要數分鐘。

這段路卻讓人覺得十分遙遠。

搞不好是因為我剛在馬拉松大賽跑完那麼一大段路，比想像中還累。

或者是因為在比賽途中跌倒受傷了。雖說由比濱簡單幫我消毒過，傷口仍在隱隱作痛。我稍微拖著腳步，以免刺激傷口。

以上兩個理由，大幅減緩我們走路的速度。

原因不只如此。

最主要的原因，恐怕是我不習慣被人抓著手走路。

抓我手的那個人好像也是。由比濱走路同樣有點戰戰兢兢。

路上有幾個離校的學生，不時會回頭看我們。

不意外。

我平常並不會引來他人的注目。尤其是像這樣走在外面的時候，根本不可能有人對我有興趣。

仔細一想，走在路上的時候大部分的人經常都是單獨行動，誰會看到就覺得「那個人是邊緣人耶！一定很會彈吉他！」啊。（註35）

眾多人類的其中一個，僅僅是日常生活中的一幕。就算進入視線範圍內，也不會多加注意，或者認知到那個人的存在。

不過，一旦貼上「學校」、「制服」等記號，情況就不一樣了。

正因為有「國中生和高中生都是群體行動」這個前提條件存在，學校活動和待在教室的時候單獨行動，才會有人覺得奇怪。

邊緣人之所以是邊緣人，是因為他獨自待在學校、教室這種狹窄的空間、封閉的社群中。除去刻板印象、固定觀念、前提條件之後，「邊緣人」這個記號便不再作用。

在草原上看到離群的瞪羚會特別在意，是因為我們知道瞪羚屬於群體行動的生物，又是肉食動物的餌食。要不是因為有這些知識，看到落單的瞪羚只會覺得「啊！是瞪羚耶！還是高角羚啊？」吧。順帶一提，瞪羚和高角羚可以看屁股的花紋區分。一點小知識。

也就是說，人類看到不符合自己心中的常識及常理的畫面時，會覺得不對勁。

註35《孤獨搖滾！》的女主角後藤一里是樂團中的吉他手。

用現在的狀況譬喻，就是我和由比濱靠在一起走路。

由比濱結衣又很引人注目。

略帶淡粉色的褐髮也好，稚氣尚存又端正的可愛長相、開朗親切的微笑、人人稱羨的身材也罷。加上她跟葉山和三浦這兩位風雲人物平常就有交流，在學校這個社群中，具有大幅提升知名度的效果。

這麼有名的她跟陌生男子走在一起，自然會好奇得回頭看兩、三眼。

何況現在還在流傳她跟葉山先生交往，跟朋友三浦小姐上演修羅場的謠言，不用想都知道應該有一定數量的人對她抱持正面情感，或者負面情感。

在容易引來好奇視線的狀態下，還和我走在一起。

看到這一幕，不會有人還去聊葉山跟由比濱在一起的八卦。我的目的——想要消除葉山隼人和與其有關的奇妙傳聞，應該很快就能達成。

然而。

我有種又會衍生新問題的預感。

說不定其中還會有人說由比濱跟外校男生——更正，由比濱跟我有什麼關係。

例如在煙火晚會上撞見我們的相模南。

無論如何，都是因為煙火晚會屬於很有那種氣氛的活動，我們又在現場被逮個正著。像這種學校活動，又有照顧傷患這個理由，不至於給由比濱添麻煩……吧？人家不知道啦……嗚嗚。

我有點混亂，搖搖晃晃地走在路上，儼然是隻殭屍。

一雙死魚眼自不用說，大腦也無法順利組織有邏輯性的語言，懊悔的「啊……」聲和後悔的「哇——！」聲在內心反覆交錯。我甚至想直接開始「啊——啊——啊——啊——啊————！未來會怎麼樣沒人料得到——！送牛奶的、送報紙的、傍晚的電視節目——！啊——啊——！」熱唱《歡樂滿屋》的片頭曲。

我心情煩悶，雙腿卻在自動向前走。

這裡離海濱公園有一段距離，是通往校舍正門最後的直線道路，過了斑馬線即可抵達學校。學生的數量也愈來愈多。

校舍進入視線範圍內時，我感覺到自己下意識加快腳步。

走在旁邊的由比濱疑惑地抬頭看過來，配合我的速度。她沒有刻意找話題，歪頭陷入沉思，然後不知道想到什麼，小聲驚呼。

她拉近半步的距離，躲進我的影子裡，把手放在嘴邊跟我講悄悄話。

「……有點害羞耶。」

語畢，由比濱還補上難為情的笑聲，害我想說的話卡在喉嚨。

不對，搞不好是卡在胸口了。那可愛的一句話使我無傷的心臟發出跟《小鬼當家》裡面的麥考利・克金一樣的尖叫。

講了一長串，搬出一堆大道理，左思右想，到頭來，我的感受用由比濱剛才那句話就能概括。

確實會害羞。也可以說有點不好意思。說不定只是因為我本來就對他人的視線很敏感。

不過，有更主要的原因。

由比濱會不會因為和我待在一起，遇到不開心的事？這樣的不安在腦中縈繞不去。

我這種路人的影響力不會害由比濱蒙羞。

她比我想的更堅強。

否則她才不會用這種方式平息那則謠言。所以，一定是我在杞人憂天。

大腦理解，內心卻無法接受。

這種想法屬於自我感覺良好中的過度自信。歸根究柢，沒人對比企谷八幡的人際關係有任何興趣，不管我獨處還是跟其他人在一起，都不會有人在意。

假如當事人只有我一個，我大可直接看開，隔絕多餘的視線及情報。

我卻無法隔絕外人的目光，為這種事感到擔憂，代表我認為自己和她之間確實有著某種關係、某種連結，還為此鬆一口氣，真的很噁心。明知道可能害她留下不好的回憶，還放任自己坐視不管，我怎麼這麼沒用。

結果，從意識到人與人之間有所關聯的那一刻起，我就下意識將他人的目光及想法放在心上。

跟以前的某人一樣。

我瞄向身旁的由比濱，清了下嗓子。

我們不知不覺走到了大門口附近。

前方是校舍內部。被人抓住手臂攙扶著的模樣，肯定比在外面的時候更加顯眼。讓她扶我到這邊就夠了。

「……那個，我真的可以自己走。」

「嗯。」

由比濱嘴上這麼回答，卻沒有放開手。

我也沒有甩掉那隻手。

我開不了口問她「可以放開了嗎」，維持這個姿勢換上室內鞋。這段期間，由比濱還是輕輕把手放在我肩上撐住我。

不在腳上的傷口傳來一陣刺痛。

由比濱也一手扶著我，一手穿上室內鞋，等她換好鞋子，我們離開正門口，走在空無一人的特別大樓的走廊上。

本以為要直接走去教室，她卻拉住我的袖子。

「那個要還回去。」

她指向我手中的急救箱。

「對喔……我去一趟保健室。」

我重新握好有點重量的木製急救箱，走向特別大樓。不知為何，由比濱也跟過來了。

「我也要去。小雪乃大概還在保健室。」

「啊，是喔？那可以順便幫忙還嗎？」

只不過是要去還急救箱，用不著特地派兩個人。要嚴格控制時間成本的社畜思維，促使我說出這種話。

「……嗯、嗯。是、是可以。」

由比濱當場傻眼，露出僵硬的笑容，超級不甘願的樣子。

「……開玩笑的。我會去還啦。」

「那就好。」

她拽住我的手，悶悶不樂地說。

她說得沒錯。

借來的東西就要還。

不只東西，話語、心意、溫暖亦然。

用不著搬出互惠原則這種麻煩的理論。

總有一天，我會好好回報。

或是我報答的時刻，總有一天會到來。

× × ×

校舍裡面空無一人，感覺比剛才的廣場還要冷。

大多數的學生不是還留在馬拉松大賽的會場，就是在享受自由時間吧。

我們緩緩走在無人的走廊上。

強風吹得特別大樓的窗框喀噠作響。光聽這個聲音就覺得冷，走廊上還有不知道從哪個縫隙鑽進來的風，腳邊籠罩著一股寒意。

「她會不會等很久了……」

旁邊的由比濱語帶不安，稍微加快腳步，彷彿在催促我。被抓著手臂的我自然只能配合她前進。

現在這時間挺尷尬的，無法判斷雪之下是否還留在保健室。換成由比濱，應該會跟忠犬一樣乖乖等人回來，雪之下就難說了……不對，直到剛才，全校學生都不在的校舍內部還是連暖氣都沒開的冰天雪地狀態，她搞不好跟在緣廊晒太陽的貓一樣，留在那裡取暖。

我敲響保健室的門。

「請進。」

回應我的是熟悉的聲音。

看來她還在等我們。打開門一看，不出所料，雪之下就在門後。她身穿體育服，坐在椅子上錯愕地看著我。

「比企谷同學？」

「嗯。」

雪之下看見我後面還有人，歪頭窺探。

那人立刻放開我的手。

「嗨囉！小雪乃！」

「由比濱同學也在呀……」

她的語氣蘊含幾分驚訝。仔細一看，雪之下目瞪口呆的。清澈如藍寶石的眼眸，映出我和由比濱的身影。雪之下盯著我們，意外可愛的無聲吐息自嘴角傳出。

「對不起，這麼晚才回來！」

由比濱不曉得怎麼理解她的表情，嚷嚷著走進保健室，坐到雪之下對面。雪之下馬上回過神來，輕輕搖頭，對由比濱微笑。

「沒關係。」

她的聲音一如往常，清晰可聞。

我聽著兩人交談，尋找放急救箱的地方，在保健室裡面來回踱步，發現牆邊的櫃子裡有個空位。原本肯定是放在這裡。

我打開櫃子，稍微踮起腳尖，把急救箱塞進去，腳上的傷口頓時傳來劇痛。我小聲呻吟，雪之下面露詫異。

「比企谷同學……你受傷了嗎？」

她瞄向我的腳，瞇起眼睛，不忍心看的樣子。

「嗯，一點小傷。」

實在開不了口說是我自己絆倒的。有夠遜。而且這樣講很像家暴受害者的藉口。「你誤會了！真的是我自己跌倒！」的感覺。不能害她以為我被家暴，增添多餘的擔憂。

我簡單回應，關上櫃子。

轉頭一看，雪之下擔心地凝視我的腳。

「你自己包紮的？」

「啊——不是……」

我看著有點醜的繃帶繩結，思考該如何說明，還沒開口，由比濱就發出有點誇張的笑聲。

「啊哈哈——果、果然該重綁一次比較好——！我不擅長這種事，沒辦法弄得漂漂亮亮……」

看到她梳著丸子頭，缺乏自信的模樣，雪之下露出平靜的微笑，輕輕搖頭，溫柔地說：

「不會，這樣就好。」

「受傷的人是我耶？」

她幹麼擅自判斷我的傷勢？我說妳啊，要是妳敢對我家附近的醫生講這種話，會被罵得狗血淋頭喔。之前他問我有什麼症狀時，我回答「好像是感冒……」結果被臭罵一頓「是不是感冒該由我決定。再說，感冒並不是一種疾病。你懂嗎？」。

總之，我的傷勢真的沒什麼大不了。不要突然伸長雙腿或蹲下就不會痛。所以，坐下時要慎重……

我拉過旁邊的圓椅龜速坐下。雪之下似乎在等我，緩緩開口。

「聽說你是跟葉山同學一起跑的……有什麼進展嗎？」

「……大部分的問題應該都解決了。」

葉山隼人的勝利和突如其來的頒獎典禮。葉山在頒獎典禮上說的那番話，理應能夠大致消除跟他有關的謠言。

我重點式地向雪之下說明。

由比濱不時會搭配手勢，幫忙補充幾句。雪之下適當地點頭應聲。

只有聽見葉山提到陽乃時，她點頭的動作戛然而止，板著臉用手指按住太陽穴。嗯，在這種時候聽到家人的名字，心情有點複雜對吧……

把事情經過大概說明完後，我嘆了一大口氣。

「……雖然無法立即見效，以第二好的解決手段來說，應該有一定的效果。」

我想不到更好的措辭，下達有點模稜兩可的結論。雪之下把手放在嘴邊，陷入沉思，默默放下手。

「是啊……謠言應該不會徹底消失，不過對我來說，這樣就足夠了。謝謝你。」

「要謝的話去謝葉山。我什麼都沒做。」

「嗯，我會的。但也要姑且跟你道個謝。」

雪之下莞爾一笑。

既然是姑且，我就心懷感激地收下她的謝意吧。

不過實際上，我真的什麼都沒做，並沒有在謙虛。與葉山之間的無意義對話、狼狽地摔在地上，簡而言之，我做的只有這些。

採取具體行動的人是葉山……以及由比濱。雖說不知道她的行為會給其他人留下什麼樣的印象，至少在跟葉山隼人有關的傳聞中，由比濱的立場將產生明確的變化。

先不論對她而言是好是壞。

這一抹不安導致我下意識望向由比濱。由比濱悄悄移開目光，摸著丸子頭，用水汪汪的大眼回望我一瞬間。

拜這個眼神接觸所賜，我想起剛才跟她一起走回來的路程，感到一陣難為情。

短暫的沉默降臨，電暖器的風扇聲和加溼器低沉的運轉聲於室內迴盪。鴉雀無聲的室內，浮現細微的吐氣聲。

「這樣就塵埃落定了嗎……由比濱同學那邊的情況如何？」

雪之下關心地望向由比濱，由比濱雙手握拳，上半身前傾。

「我、我一點事都沒有！反正不管別人怎麼講，我也不會太在意！」

「不會太在意，意思是多少有點在意嗎……」

「啊，不是那個意思！我完全不在意！」

雪之下表情有點凝重，由比濱揮著手急忙解釋，像要檢查喉嚨的狀態般輕輕吸氣，把手放到大腿上。

「那個……我自己也有，仔細思考過……所以，沒事的。」

她直盯著雪之下。這句話雖然講得結結巴巴，正因如此，更讓人覺得是出自真心，沒有任何一分虛假。

夕陽沉入海平面下，餘暉逐漸染紅以白色為基調的保健室。微弱的陽光照亮由比濱神情嚴肅的面容，雪之下目不轉睛地看著她，似乎覺得很耀眼。

「是嗎……那就好。」

她揚起嘴角，展露虛幻的微笑。看到那令人胸口揪緊的美麗笑容，我和由比濱都倒抽一口氣。

「差不多該走了。」

雪之下一聲不響地從椅子上起身。由比濱也點頭回應，跟在後面。

「對呀，還得去準備慶功宴。」

「慶功宴……」

喔，對喔。等等還有工作要做……跑了那麼多路又受了傷，還得做吧檯員這麼累的工作嗎……

思及此，雙腿就變得沉重如鉛。唉~真的好不想工作……

我深深垂下頭，凝視地面，白皙的手映入眼簾。

我猛然抬頭，朝我伸手的是由比濱。她別過臉，低聲咕噥道：

「那個，我想說……你的腳……」

「可以別叫傷患工作嗎……嘿咻。」

我裝模作樣地用玩笑話回應，吆喝著站起來。順便靠反作用力甩動手臂，在胸前輕輕握拳。

好……今天也要加油囉。

9 所以，現在先——

用來列印明細的小型出單機，正在不停吐出客人的點單。

做完一杯又來三杯，做完兩杯又來五杯。腦中一直在迴盪「吼搭啦！」。借來的制服全是汗，番茄汁和紅石榴糖漿噴得整件白襯衫都是，彷彿上一秒才殺過人。

即使身穿髒衣，人心依然似錦。此時此刻，我腦中的水前寺清子也在引吭高歌（註36）。我嘴上說著不想工作，身體還是默默在做事，因為腦內啡的關係進入藥物過量狀態。多巴胺多巴多巴地分泌，腎上腺素腎上腎上地湧出。回過神時，腦中的播

註36 日本演歌歌手水前寺清子〈一根金剛杵之歌〉的歌詞。

放清單變成水森亞土了。我的大腦未免太老氣。

借折本佳織打工的咖啡廳舉辦的慶功宴，可謂盛況空前。學生一個接一個踏進店內，總共應該有數十個人。有葉山這個團體、戶塚他們，不知為何連材木座也在。

慶功宴開始的一小時後。

不曉得是因為大家喝膩無酒精雞尾酒了，還是在自己的座位上聊得很開心，單量開始穩定下來。有一段時間從吊櫃垂到地上的訂單明細，也只剩下兩、三張。

在我以為總算可以喘一口氣時，折本跑了過來。

「比企谷，換人。你去休息吧。」

「喔，可以嗎？」

「嗯，餐點全都出完了。」

折本往外場看了眼。我跟著看過去，剛才還站在廚房的店長現在待在外場，享受放鬆時間。確實是個休息的好時機。

「瞭解，啊，那三張是還沒做的飲料。」

我將吧檯員的位置讓給折本，在跟她擦身而過時指向還沒出的單，交代了一下。折本點點頭。

「嗯。ＯＫ——啊，雪之下同學也可以休息囉。」

折本往外場探出頭，呼喚雪之下。不久後，疲憊不堪的雪之下搖搖晃晃地從用餐區對面走過來。

「辛苦了。」

我在慰勞她的同時遞出裝在大玻璃杯裡的紅茶。

「謝謝……好累……比想像中更耗體力……」

雪之下雙手捧著杯子，大喝一口紅茶，可愛地喘了一小口氣。跟平常比起來有點不雅的行為，現在看起來異常合適。

「在咖啡廳舉辦的宴會就是這樣。位於底層的居酒屋連鎖店更恐怖喔。」

這次沒有提供酒類，所以客人都很守規矩，也不用處理嘔吐物。不用因為店長命令你去，就在寒冬的車站前花兩小時拉客，也不用靠苦笑無視雙手比ＹＡ提出「幫我濃度加倍但價格不能變喔！」這種要求的臭老頭。

聽見我分享的居酒屋悲慘故事，徹頭徹尾的千金小姐雪之下啞口無言，嚇得半死。在旁邊聽的折本則大笑著說：「確實！」

雪之下疲憊地嘆氣。

「要聽你講工作的大道理，我有點無法釋然……不過幸好你很熟練。多虧你在途中放慢了出餐速度，我才勉強應付得來。」

「妳發現啦。」

她應該沒有在餐飲業打工的經驗才對，真不愧是雪之下，觀察得很仔細。我佩服地說，雪之下露出謙虛的苦笑。

「速度差那麼多，不太可能沒發現。出第一杯飲料的速度太異常了。那是你事先做好的嗎？」

「只有基本款會先準備而已，例如食譜有一部分相同的。」

「原來如此……希望你先跟我說一聲。這樣點餐的時候我或許能暗示客人點那幾種飲料，提升效率……」

雪之下手托著下巴，陷入沉思。兩眼炯炯有神，嘴角掛著愉悅的笑容。

這傢伙也滿工作狂的嘛，我沒資格說就是了……

「是說，你們也可以去參加慶功宴啊。這邊沒問題啦。」

折本端出我們的飲料，指向用餐區。我和雪之下面面相覷，接過飲料，跟折本道謝後走近宴席。

然而，雖說是慶功宴，我實在找不到自己的容身之處。我和雪之下不太習慣這種熱鬧的氣氛。

望向用餐區，主角葉山沒有一刻不被眾人圍繞，看起來十分忙碌，戶部三笨蛋也在大聲歡呼，吵到不行。

三浦、海老名、一色占據了裡面的座位，不知道在悄聲商量什麼。恐怕是在交換跟陽乃有關的情報。將托盤抱在胸前，站在桌子旁邊的由比濱不時會補充幾句。是說伊呂波不是還沒下班嗎？妳整個人定居在那邊了耶。

戶塚在窗邊的座位跟疑似網球社社員的人聊得有說有笑，材木座也笑呵呵地參與其中。若我要找個地方叨擾，就是去那邊了，但他們已經聊起來，我不認為自己有辦法融入那個氣氛。

副會長跟書記忙著打情罵俏。別小看工作快給我滾去做事。

由於沒有其他稱得上認識的人，我們晃到了吧檯。這種時候往牆邊靠最安全。

「辛苦了。」

雪之下在開口的同時將香檳杯拿到我面前。我看出她的意圖，跟著拿起杯子。

「嗯，喔。辛苦了。」

「那麼……」

雪之下微微一笑，晃了下香檳杯。無酒精版本的含羞草漾起漣漪，散發清爽的橙香。

她沒有再開口。無音、無聲、無形的話語，只在心中響起。我也一樣沒有說話，將秀蘭鄧波爾拿到同樣的高度，跟她舉杯相碰。

輕薄的玻璃，於嘈雜的店內奏響寧靜的乾杯聲。

沒有一絲混濁，沒有一絲扭曲的清澈聲音。

我們都喝了一口，輕聲吁氣。雪之下驚訝地掩住嘴角。

「好美味……」

「那就是工作的滋味。」

我故作老成，雪之下笑出聲來。

「這句話真不適合你說……可是，感覺並不壞。」

我點頭贊同。

嗯，確實不壞。

沒想到會有跟雪之下喝酒的一天……我一直覺得工作只是在做苦工，如果能感受這種氣氛，似乎並沒有那麼痛苦。

總有一天，在下班後一起喝酒。

……氣氛好到我想像起這樣的未來。

我們就這樣默默喝著酒，欣賞眼前的情景。

這時，到處跑來跑去的葉山察覺我們的視線，走向這邊。主角要一直應酬，好辛苦……

「辛苦了。謝謝你們幫忙擔任慶功宴的工作人員。」

雪之下搖頭表示這不算什麼，我也點頭附和。

在我思考是不是該祝賀他奪得冠軍時，葉山冷不防地低下頭。

「抱歉，很多事，給妳造成困擾了……例如那個奇怪的傳聞。」

面對他的道歉，雪之下一時語塞，不知道該作何反應。但那也只有一瞬間，她馬上露出放鬆的笑容。

「不到造成困擾的地步。」

葉山也回以柔和的微笑，傳達無聲的謝意。我不得而知的過去，再也沒有被人提及。

相對的，雪之下談起了未來。還搭配深深的嘆息。

「比起那個，跟姊姊有關的事情感覺更容易給我造成困擾。希望你以後離我更遠一點。」

雪之下把手放在臉頰上，展露清純可愛的笑容。葉山臉上則漾起露出一口白牙的陽光笑容。

「我會努力不讓事態演變成那樣。」

「雖然我不抱期望，請你務必加油。」

呵呵呵啊哈哈，兩人之間迴盪著空洞的笑聲。討厭啦好恐怖，這兩個人燦爛的笑容……怎麼看都有另一層意思……

我忍不住別過頭，看到由比濱和一色在裡面的座位朝這邊招手。由比濱雙手放在嘴巴旁邊，壓低音量呼喚：「小雪乃——」

「雪之下，有人叫妳。」

我抬起下巴指向由比濱她們。雪之下看了那邊一眼，臉有那麼點臭。八成是因為她看見在由比濱後面雙臂環胸的三浦。應該是想問她跟陽乃有關的事。

雪之下無奈地嘆氣，對我投以淡淡的苦笑。

「我離開一下。等等見。」

我點點頭，目送雪之下踏著無力的步伐離去。

吧檯座只剩下我跟葉山。

我們都一語不發，冰塊的碰撞聲突然打破沉默。往旁邊一看，葉山正拿著玻璃杯搖晃。他將杯子朝向我。

「來吧。」

「嗯。」

簡短的對話，連視線都沒交錯，玻璃杯發出粗魯的碰撞聲。

葉山小口舔拭杯子裡的飲料，吐出冰冷的氣息。

「叫我離她遠一點？跟我說有什麼用。」

「辦不到吧。那個人執著心超重的。」

「是啊，但我覺得一部分的原因在你身上。」

「閉嘴，別把我扯進去。男人的嫉妒心很醜陋的。」

「哈，虧你有臉講這種話……」

葉山的話語就此中斷。他突然不講話，我也很傷腦筋。討厭，人家是不是惹葉山同學生氣了……我偷偷觀察他的臉色。

葉山瞇起眼睛，一臉疑惑。但他注視的並不是我。他訝異地看著店門上的玻璃窗。

怎麼了嗎？我也定睛凝視，一顆蘑菇頭在窗外若隱若現。看得更仔細一點，會發現那東西不停上下移動，令人煩躁。

難道是玉繩……？

我有點沒自信，決定找玉繩鑑定師折本看一看，但她好像正在調飲料。沒辦法，既然注意到了，只能由我出面……

我對葉山舉起一隻手，走向門口。

緩緩打開店門，門鈴發出叮叮噹噹的聲音。

玉繩愣了下，目不轉睛地盯著我。一發現來者是我，他就不滿地吹起瀏海。對不起喔，是我啦。

「那個，今天這裡有人包場……」

「是、是嗎……我可能沒看到ＩＧ貼文……」

玉繩連忙拿出手機確認。我偷看了一下，這間店的官方帳號好像特別重視美觀度，貼文大多是美美的菜單，或者看起來活潑外向的美少女店員照。我看到你對那個捲髮美少女店員的照片點讚囉……

「啊，會長。」

這時，背後傳來那個距離感超近一變熟態度就會變得超隨便的美少女店員的聲音。回頭一看，折本輕浮地笑著揮手，往這邊走過來。

「對不起，今天這家店被包場了。」

「沒關係。是我這個遊牧工作者不夠稱職。」

玉繩哈哈大笑……這人是工作者嗎？我望向折本。折本聳聳肩膀，做出類似

「不知道，大概是吧。我亂猜的」的反應。這傢伙真的好隨便……但這種隨便的態度會讓人上癮耶……

玉繩清了下喉嚨，不曉得是不是對我們的目光交流有意見。

「那麼，明天見……」

折本在他話講到一半時拍了下手。

「啊，不過可能可以幫你做外帶。應該啦。」

「這、這樣啊。那就，用這個……」

玉繩同學從包包裡拿出水壺。不，應該稱之為環保杯。用來證明自己很愛護環境的環保杯。

「ＯＫ——」

折本隨便地接過環保杯，回到店內。

於是，門口只剩下我和玉繩同學……

哇咧……早知道我也一起回去。唔～計算錯誤。玉繩也覺得很尷尬的樣子，頻頻清嗓。

不久後，受不了這陣沉默的他主動與我攀談。

「你跟折本同學感情好像很好。」

「並沒有……」

我明明否認了，玉繩卻皺起眉頭，對我投以懷疑的目光。他盯著我看了一段時間，下定決心開口。

「……我有點事想跟你商量——」

話講到一半，折本就跑回來了。玉繩立刻閉上嘴巴，從胸前拿出票卡夾，抽出一張卡片。

「可以聯絡我嗎？」

他附在我耳邊小聲說道，迅速遠離我，笑咪咪地面向折本。兩人就這樣聊起天來。

看了下他拿給我的卡片，上面除了玉繩的名字外，還印著電子郵件信箱、社群網站帳號等資料，即所謂的名片。

我默默將散發不祥氣息的那東西塞進口袋。

好，假裝沒看見，回去工作吧！

× × ×

宴會結束後，隱約有股寂寥感。

盛況空前的慶功宴，不知為何在戶部的帶領下拍手散會，順利結束。

送走學生們後，店裡剩下我們侍奉社及學生會的人，還有折本跟店長。剩下的工作只有清理場地和丟垃圾。

打掃完我負責的飲料區後，我哼著歌穿上長外套，細細品味工作完的喜悅，迅速走向後門。

我緩慢轉動門把，以免發出聲音，來到戶外，映入眼簾的是嚴冬的星空。

我朝天空伸了個大懶腰。

啊——！結束了——！萬歲——！我自由了————!!

朝海濱幕張的天空發出無聲吶喊的畫面，想必很像知名的電影。

後門鴉雀無聲，也沒有經過小巷子的人。我望向樓上的店家和共用的戶外梯，角落放著一個菸灰缸。

看來這裡是給會抽菸的員工休息的地方。可以理解他們的心情。下班後看著星空來一根，肯定很舒暢。

我一屁股坐在戶外梯第一階的正中央，想感受那個氣氛。

沒有香菸，取而代之的是剛才從店裡借來的玻璃杯。杯中裝著我獨創的無酒精雞尾酒。

下班後一個人慢慢喝酒，真是享受又奢侈的時光。

那麼，讓我用心品味吧……

正想舉杯的瞬間，後門「喀嚓」一聲打開，是努力把垃圾拿出來倒的由比濱。

她吆喝著將垃圾袋扔到垃圾場，然後摩擦上臂瑟瑟發抖。天氣這麼冷，沒穿外套會受不了吧。

帶著笑意的吐息脫口而出，聽見聲音的由比濱轉過頭，發現我的存在。

「自閉男，你在摸魚嗎？」

她語帶調侃，我故意裝出一本正經的表情回答：

「怎麼可能。我只是來打掃吸菸區，打掃完馬上就會回去。」

「你明明坐著。這個藉口不管用啦。」

她一臉無奈地擺手，小步走到樓梯前。

「嗯。」

「咦？」

由比濱在我面前直立不動，然後悶悶不樂地噘起嘴巴，簡短下達指示。

「讓一下。」

「啊，好的……」

我照她所說，抬起屁股往旁邊靠，讓出空位。由比濱直接坐到那裡。

「分我一半。」

她不停拉扯我的長外套。喂，別這樣……

「沒關係啦，整件都給妳穿。」

「不用。」

本想脫下外套，由比濱卻伸手制止我。最後只有右邊的袖子被脫掉，由比濱則鑽進外套底下。

「好暖和……」

由比濱吐出白煙。

她沒有穿上外套，而是把它披在右肩上，左肩緊貼著我的手臂，奪走我的體溫。

呃，是沒關係啦……其實有關係，但她看起來好冷，所以這也無可奈何……這樣超難為情的耶。超過恥死量了……

我害羞地別過頭，手中的玻璃杯發出液體搖晃聲。

「你在喝什麼？」

「我獨創的無酒精雞尾酒，卡魯哇ＭＡＸ。」

「哦——」

由比濱看起來興致缺缺，將臉湊近玻璃杯聞了聞，一臉疑惑。

「我好像聞過那個味道。」

她兩眼發光，眼中知性的好奇心彷彿在訴說「喝了應該就會知道！」。好吧，反正我還沒喝……我在內心辯解，將杯子遞給她。

由比濱低聲道謝，喝了一口。

「好像滿好喝的？這是什麼味道呀？」

「楓糖漿。加入ＭＡＸ咖啡能夠增添香氣，凸顯ＭＡＸ咖啡原本的牛奶味。這是我模仿卡魯哇奶酒發明的無酒精雞尾酒。」

我自認調得挺好喝的。由於這是我的自信之作，我不小心打開了話匣子，由比濱莞爾一笑。

「這種風格好適合你。」

「對吧。」

我像在耍帥一樣掀開外套，秀出底下的員工服，得意洋洋。由比濱沒有笑，也沒有嘲笑我，只是點頭回應。

妳這個反應比冷場更讓我不好意思……我也委婉地拍她馬屁，回敬她一番吧。

「……不過，沒有妳那麼適合。」

「是嗎？」

我點頭表示肯定，由比濱高興地望向自己的制服。

「這套制服很好看對吧。乾脆真的來這家店打工好了。」

「不錯啊。」

就我幫忙一天的感覺來說，這家店的工作環境挺不錯的。店長脾氣好，又有認識的人在，朋友住在附近，客群感覺也不差。這樣看來，以由比濱的打工場所來說相當理想。

我隨口贊同，由比濱提出出人意料的建議。

「那一起來打工吧。我和你和小雪乃。」

「三個人一起？」

是不是少了一個人？妳忘記她了嗎？我拐了個彎詢問，由比濱默默移開目光。

「伊呂波今天沒做什麼事，所以……」

「審查標準好嚴格……」

明明是在討論假設性的話題，標準還真高……我有點恐懼，由比濱繼續深入那個假設性的話題，開始抱頭苦思。

「啊～可是～小雪乃來當客人也不錯……坐在窗邊的座位看書，如果能偶爾發現我在看她，對我揮手就太棒了……」

「這是夢女會有的想法……」

「不過，小雪乃還是要當店長吧。我當外場人員，自閉男負責製作餐點和飲料。」

「我的負擔會不會太重了？」

「我覺得很適合你。」

由比濱小口啜飲卡魯哇ＭＡＸ，點點頭。在我心中卡魯哇ＭＡＸ可是得意之作，能得到他人的稱讚，我有點高興。

「妳可以全部喝光。」

我溫柔地笑著說，由比濱卻面無表情地搖頭。

「不用那麼多。」

「妳的反應太誠實了吧……會害我懷疑剛才的稱讚是不是騙人的喔？」

「不是啦。」

由比濱揮著手，彎下腰抱緊自己的手臂，擋住身體。

「有很多原因。」

「是、是喔……」

「嗯，就是。」

她將玻璃杯硬往我這邊塞。

「所以你喝就好。拿去，快喝快喝。」

「等等，別這樣……我有自己的步調……」

無論喝酒還是其他，都有個人差距。妳沒聽過酒精騷擾這個詞嗎？這已經稱得上無酒精騷擾囉。雖然我會喝啦。可以喝的話我就會喝。我在內心快速扯了一堆廢話，小口喝下卡魯哇ＭＡＸ。

「……好喝。」

明明是自己調的，我卻再度受到感動。由比濱傻眼地笑道：

「你會不會喝太多ＭＡＸ咖啡了？」

「這不是ＭＡＸ咖啡，是卡魯哇ＭＡＸ。」

「幾乎一樣嘛。你怎麼那麼喜歡ＭＡＸ咖啡……」

這次由比濱徹底傻眼，不如說有點驚恐。

然而，就算別人再怎麼驚恐，我都會逐漸受到吸引，所以我也沒轍。問我理由，我也給不出答案。

硬要說的話。

「沒辦法。我就是喜歡。」

只會是這種無意義的話語。

由比濱眨眨眼睛，依然傻眼地露出無奈的微笑。

「這樣呀。既然喜歡，那也沒辦法。」

由比濱往左邊移動數公分，我們接觸到的面積因此增加，交織在一起的體溫逐漸上升。

我們只是在聊無酒精雞尾酒，沒人知道其中是否隱含某種寓意。

表面上如此。

青澀的想法、陌生的距離、未滿的關係，肯定只有在此時此刻是被允許的，只有在此時此刻能夠承認。

因為我們知道總有一天會產生變化。

所以，現在先繼續當個贗品的故事（Mock Tale）也無妨。

《待續》

後記

各位晚安，我是渡航。

今天我難得是在東京神田一橋神保町小學館五樓的渡航室撰寫後記。大家發現了嗎？渡航室從五樓搬到八樓了。變得有點高，空間也大了一些。我認為跟牢名主能拿到比較多的榻榻米一樣（註37）。之前我一直被當成犯人對待，現在已經是個優秀的牢名主。又得到了新稱號……至今以來，我獲得了許多稱號，或者說頭銜、職稱、工作，在此將我想得到的列舉出來。上班族、輕小說家、腳本家、遊戲腳本家、製作人（偶像大師）、御主（FGO）、訓練員（馬娘）、提督（艦C）、老師（蔚藍檔案）、博士（明日方舟）、經理（東京7th Sisters）、囚犯（被關在小學館，處無期徒刑），除此之外還有許多……這人一輩子都在玩遊戲耶。

不過，跟囚犯在極少數的情況下能得到假釋一樣，我有時也能從這些頭銜之下得到解放。當時我會用另一種角度看世界。例如「黎明的神保町原來如此美麗……

註37　江戶時代稱呼囚犯的首領為牢名主。牢名主會將數層榻榻米疊高坐在上面，監視其他囚犯。

這就是真正的自由……這就是真正的回家嗎……」的感覺。

每個人恐怕都會遇到那個瞬間。他和她和他們亦然。

《果然我的青春戀愛喜劇搞錯了。結》第二集就此結束。

以下是謝詞。

ponkan⑧大神。神，也就是**God**。辛苦您了。這次也超神的。果青總是一直有企劃在進行，真的受到您許多關照。今年同樣會有很多活動喔※……今後也請多多指教。非常感謝您。

責編星野大人。呵哈哈！哎呀，真的輕鬆搞定了啦！這次的時間緊湊到我只講得出這句話。下次真的會輕鬆搞定的。這次我沒有說謊。辛苦了，謝謝您。呵哈哈！

跨媒體平臺的工作人員們。我在動畫、漫畫版等眾多媒體受到各位的關照。動畫邁入十週年了※，又有許多事情要請大家多加協助。

能夠有機會慶祝這值得紀念的年份，也要感謝大家的努力。真的感激不盡。未來也請多多指教。

以及各位讀者。謝謝大家一直以來的支持。《果青結》能繼續寫下去，都要多虧大家溫暖的聲援。

我會擠出所有的精力體力全力奔馳，做為回報。希望各位能看到最後。因為有你，才有果青的存在！

那麼，這次就寫到這邊。讓我們在果青的其他作品中見面吧。

一月某日　嘗試喝了卡魯哇ＭＡＸ

渡航

※後記所涉時程均指日本原著出版時間。

國家圖書館出版品預行編目資料

果然我的青春戀愛喜劇搞錯了。結 / 渡航作 ; Runoka 譯 . -- 一版 . -- 臺北市 : 城邦文化事業股份有限公司尖端出版 : 英屬蓋曼群島商家庭傳媒股份有限公司城邦分公司尖端出版發行 , 2024.03-
　冊 ;　公分
譯自 : やはり俺の青春ラブコメはまちがっている。結
ISBN 978-626-377-601-2（第 2 冊 : 平裝）

861.57　　　　112021662

浮文字

果然我的青春戀愛喜劇搞錯了。結 2

（原名：やはり俺の青春ラブコメはまちがっている。結2）

著　　者／渡航
執 行 長／陳君平
榮譽發行人／黃鎮隆
協　　理／洪琇菁
執行編輯／石書豪
繪　　者／ponkan⑧
美術總監／沙雲佩
美術編輯／李政儀
文字校對／施亞蒨
譯　　者／Runoka
國際版權／黃令歡、高子甯、賴瑜妗
內文排版／謝青秀

出　　版／城邦文化事業股份有限公司 尖端出版
臺北市南港區昆陽街十六號八樓
電話：（〇二）二五〇〇—七六〇〇
傳真：（〇二）二五〇〇—二六八三
E-mail: 7novels@mail2.spp.com.tw

發　　行／英屬蓋曼群島商家庭傳媒股份有限公司城邦分公司 尖端出版
臺北市南港區昆陽街十六號八樓
電話：（〇二）二五〇〇—七六〇〇（代表號）
傳真：（〇二）二五〇〇—一九七九

中彰投以北經銷／楨彥有限公司（含宜花東）
電話：（〇二）八九一九—三三六九
傳真：（〇二）八九一四—五五二四

雲嘉以南／智豐圖書有限公司
（嘉義公司）電話：（〇五）二三三—三八五二
傳真：（〇五）二三三—三八六三
（高雄公司）電話：（〇七）三七三—〇〇七九
傳真：（〇七）三七三—〇〇八七

香港經銷／一代匯集
香港九龍旺角塘尾道六十四號龍駒企業大廈十樓 B&D 室
電話：（八五二）二七八三—八一〇二
傳真：（八五二）二五八二—一五二九

新馬經銷／城邦（馬新）出版集團 Cite（M）Sdn. Bhd.
E-mail: cite@cite.com.my

法律顧問／王子文律師 元禾法律事務所
台北市羅斯福路三段三十七號十五樓

二〇二四年三月一版一刷

■中文版■

郵購注意事項：
1.填妥劃撥單資料：帳號：50003021戶名：英屬蓋曼群島商家庭傳媒(股)公司城邦分公司。2.通信欄內註明訂購書名與冊數。3.劃撥金額低於500元，請加附掛號郵資50元。如劃撥日起 10～14日，仍未收到書時，請洽劃撥組。劃撥專線TEL：(03)312-4212 ・ FAX：(03)322-4621。E-mail：marketing@spp.com.tw